Wilhelm Mannhardt

Die Korndämonen

Wilhelm Mannhardt

Die Korndämonen

1. Auflage | ISBN: 978-3-75251-562-6

Erscheinungsort: Frankfurt am Main, Deutschland

Erscheinungsjahr: 2020

Salzwasser Verlag GmbH, Deutschland.

Nachdruck des Originals von 1868.

DIE KORNDÄMONEN

BEITRAG

ZUR GERMANISCHEN SITTENKUNDE

VON

WILHELM MANNHARDT.

BERLIN

FERD. DÜMMLER'S VERLAGSBUCHHANDLUNG

(HARRWITZ UND GOSSMANN)

1868.

VORWORT.

—

Seit mehreren Jahren ist der Verfasser des nachstehenden Aufsatzes mit der Sammlung der germanischen Feld- und Ackergebräuche beschäftigt. Der Plan dieser Arbeit als Anfang eines Quellenschatzes der germanischen Volksüberlieferung ist in einem Vortrage niedergelegt, den man im Correspondenzblatt des Gesammtvereins der deutschen Geschichts- und Alterthumsvereine 1865 Nov. Dec. nachlesen wolle. Eine einzelne Probe der begonnenen Ausführung ist in zweien Auflagen unter dem Titel: „Der Roggenwolf und Roggenhund. Beitrag zur germanischen Sittenkunde. Danzig, Ziemſsen" 1865. 1866 veröffentlicht. Das Bedürfniſs, den vielen Freunden, Helfern und Förderern des seiner Natur nach langsam zum Abschluſs gedeihenden Werkes ein neues Lebenszeichen zu geben und die Aufmerksamkeit auf eine Reihe von Punkten zu richten, über welche Mittheilungen weiteren und gröſseren Materials zumal aus Landes- und Städtechroniken und schwer zugänglichen Localschriften freundlichst und herzlichst erbeten werden, veranlaſste das nachstehende Schriftchen. Es wurde zunächst der diesjährigen

Philologenversammlung zu Halle zum Vortrage übersandt und zu innigem Danke fühlt sich der Verfasser verpflichtet für die wohlwollende Aufnahme und ehrenvolle Anerkennung, welche dieser geringen Frucht seines Strebens in der germanistischen Section durch die Nachsicht der Fachgenossen zu Theil wurde.

Während im „Roggenwolf" die Darlegung der Methode des Unternehmens an einem einzelnen Beispiele beabsichtigt wurde, unternimmt es der vorliegende Aufsatz, die wichtigeren Gesammtresultate eines schon größeren Theiles der Arbeit zur Anschauung zu bringen. Zwar sind nur die äußersten Spitzen und Umrisse der gewonnenen Ergebnisse berührt und auch die Anmerkungen — einzig und allein zur nächsten Orientirung bestimmt — tragen denselben skizzenhaften Charakter, da der Veröffentlichung der Sammlung selbst die Aufführung sämmtlicher Originalüberlieferungen, Zeugnisse, Belege, Ausführungen und Untersuchungen vorbehalten werden muß.

Gewonnen aber sind die mitgetheilten Ergebnisse auf demselben Wege, den die Untersuchung (Zeugniß an Zeugniß reihend) bei dem Roggenwolfe innehielt. Das dem Verfasser vorliegende Material bildet für alle übrigen Thierdämonen mehr oder minder vollständige Überlieferungsketten, welche den vom Roggenwolfe, Roggenhunde, der Roggensau und dem Getreidehahn beigebrachten genau parallel laufen und sich so gegenseitig bestätigen. Auch bei der so gewählten Form dieser Mittheilungen werden die aus mehreren Tausenden auf denselben Punkt gerichteter handschriftlicher Aufzeichnungen, welche vielfach durch die Literatur bewährt werden, gewonnenen neuen Gesichtspunkte zumal denjenigen unter den Mitforschern nicht unwerth erscheinen, welche im Begriff stehen, sich durch Bearbeitung der localen Tradition eines kleineren Gebiets ein hoch anzuschlagendes Verdienst zu erwerben. Mögen sie auch ihrerseits prüfen, ob meine Schlüsse gegenüber den Einzelheiten ihrer heimischen Überlieferung Stich halten. In den Hauptsachen vermeine ich hinsichtlich der Korndämonen selbst, der Laubeinkleidung im Frühjahr und der in der Weihnachtzeit umziehenden Gestalten meine Auffassung durch eine Fülle ineinandergreifender Zeugnisse gesichert; was ich hinsichtlich der Schatzhüter und Dorfgespenster angemerkt, bedarf zur überzeugenden und die einzelnen Fälle scheidenden Begründung der breiteren Auseinandersetzung der Hortsagen und der Seelenlehre. Hier nur so viel, daſs die Gesammtheit unserer Überlieferungen meine Erwägungen auch bei stäts erneuter Betrachtung von verschiedenen Ausgangspunkten her zu den bereits in meinen German. Mythenforsch., S. 720 ff., ausgesprochenen Grundanschauungen zurückführt. Wir begegnen in unseren Sagen und Sitten theils thier-, theils menschenartigen Geistern, welche a) Seelen Verstorbener sind, b) sowohl in den elementaren Erscheinungen des Himmels (Wolken, Gewitter, Wind und Sonnenschein), als auch c) im Erdleben geschäftig walten, zugleich aber d) als Hüter der Familie, des Hauses, des Dorfes u. s. w. in Stall, Scheune und Vorrathskammern wirksam gedacht werden. Unsere Sagen haben diesen einheitlichen Gedanken groſsentheils aufgelöst und heben nun bald die einen, bald die anderen

dieser Wesensseiten hervor, so dafs z. B. folgende Ver-
bindungen entstehen:

1) Seelen == Wettererscheinungen,

2) Wettererscheinungen == Seelen,

3) Seelen == Dämonen des Erdlebens, der Fruchtbarkeit,

4) Dämonen der Fruchtbarkeit == Seelen,

5) Seelen == Hausgeister, Dorfgeister,

6) Hausgeister == Seelen,

7) Wettererscheinungen == Geister des Erdlebens,

8) Geister des Erdlebens == Seelen,

9) Wettererscheinungen == Hausgeister, Dorfgeister,

10) Hausgeister == Wettererscheinungen,

11) Geister des Erdlebens == Hausgeister,

12) Hausgeister == Dämonen des Erdlebens.

Zuweilen sind je drei, selten alle vier dieser Factoren
von der Sage zu einem Ganzen verbunden.

Es möge gestattet sein, an dieser Stelle noch einige
Bemerkungen niederzulegen, die sich mit Wahrscheinlich-
keit aus der nachstehenden Abhandlung ergeben.

I. Unsere Sagen und Gebräuche enthalten vielfach
die Reste ein und derselben Überlieferung, von welcher
die der Märchen sich gröfstentheils in weiterem Ab-
stande entfernt. Die einzelnen Stücke jener Überlieferung
schliefsen sich zu einem ineinandergreifenden Ganzen zusammen, welches nicht den Charakter eines künstlichen
consequenten Systems trägt, bei aller Flüssigkeit und
manchen Widersprüchen im Einzelnen jedoch eine feste
ideelle und grofsentheils auch reelle Einheit darstellt. Es
walten hier dieselben Gesetze, nach welchen den Rhapso-

den unbewufst die einzelnen Lieder des Volksepos als
Einheit im Volke entstehen und leben, ehe sie durch die
Hand des Diaskeuasten auch äufserlich zusammengefügt
werden.

II. Ursprünglich und bis in späte Zeit liefen im germanischen Volksglauben theriomorphische und anthropomor-
phische Dämonen ohne wesenhaften Unterschied neben
einander her. Erst allmählich und in später Zeit gewannen
letztere die Oberhand und drängten jene in den Hintergrund zurück. In unseren Feld- und Ackergebräuchen
spricht sich diese jüngere Entwickelungsstufe darin aus,
dafs sehr häufig dort, wo der Name des Dämons auf thie-
rische Gestalt hinweist, die ihn darstellende Kornfigur
menschliche Bildung trägt.

III. Die von Tag zu Tage wachsende Anzahl von
Zeugnissen, welche eine Übereinstimmung unserer Volks-
traditionen (in Märchen, Sage, Aberglauben) mit denen
zum Theil ganz entfernt wohnender Völker bekunden,
mufs uns in hohem Grade mistrauisch und zweifelnd
machen, ob wir darin irgendwo wirkliche Reste des
Glaubens unserer nationalen heidnischen Vorzeit besitzen.
Es ist darum wichtig, die feste Stelle zu finden, welche
bestimmte Überlieferungsreihen gegenüber den unbestreit-
bar echten Denkmälern germanischer Mythologie in den
Sögur und der Edda einnehmen. In dieser Beziehung
dürften die nachstehenden Beobachtungen lehrreich sein.
Der sichere Nachweis, dafs alle übrigen Korndämonen in
der Hauptsache den Gestalten der wilden Jagd und des
wüthenden Heeres (Odens Jagd, Aaskareia) wesensgleich,
d. h. Personifikationen von Wind- und Wettererscheinungen

sind, bewährt, daſs Odens und Wodans Name in den deutschen und schwedischen Erntegebräuchen alt und echt sei
und daſs diese ganze Schicht von Volksüberlieferungen mit
Fug für die Mythologie unserer Vorväter in Anspruch zu
nehmen ist. Noch fester wird dieses Ergebniſs durch
mehrfache Überbleibsel eines wirklichen religiösen Cultus,
der den Korndämonen geweiht war und über welchen wir
ein urkundliches gleichzeitiges Zeugniſs aus der heidnischen
Epoche eines benachbarten und verwandten Stammes erhalten. Daſs unsere deutschen und skandinavischen Feld-
und Ackergebräuche nicht häufiger an die unmittelbaren
Überlieferungen der nordischen Heidenzeit rühren, liegt
theils daran, daſs die uns erhaltenen Quellen der nordischen
Mythologie vorzugsweise die Anschauung kriegerischer
Edeln, kaum jemals die religiöse Übung des Landmanns
zu unserer Kunde bringen, theils an deren an sich ge-
ringem Umfange. Gleichwol werden wir bei Veröffentlichung der vollständigen Sammlung mehrfach Gelegen-
heit finden, den Zusammenhang des agrarischen Glaubens,
der Gebräuche und Sagen unseres Landvolks mit den
Zeugnissen der Edda und Sögur nachzuweisen. Auf eine
solche Übereinstimmung werde hier beispielsweise näher
eingegangen. Unsere Roggensau, die schwedische Gloso,
ist zweifellos identisch mit Freys (Freyjas) goldborstigem
Eber, von dem es Hyndlul. 7 heiſst: „göltr glóar, gullin-
bursti, hildisvíni". Ist die Roggensau (s. Roggenwolf
und Roggenhund S. 1. 2) nichts Anderes als die Windsau,
wie sie unter Anderen Alpenburg (Mythen u. Sag. Tirols
S. 69. No. 8, 213. No. 7—9) schildert, so trifft die Schilderung der Skálda von Freys Eber zu: „at hann mátti

renna lopt ok lög nótt ok dag meira en hverr hestr, ok
aldri varð svâ myrkt af nótt eða i myrkheimum, at eigi væri
ærit ljóst þar er hann fôr, svâ lýsti af burstinni (Skáldskaparm
35. Sn. E. A. I. 344)". Roggensau und Gloso schenken
Fruchtbarkeit des Ackers, dem Freyr ward „til árs" geopfert, „hann ræðr fyrir regni ok skini sólar ok þar með
ávexti jarðar (Gylfag. 24. Sn. E. I. 96)". Die Gloso, die
deutsche Adventskräm u. s. w. gehen, wie die sonstigen
Dorfthiere, vorzugsweise zur Weihnachtzeit um, ein gold-
borstiger Eber wurde der Freyja zur Julzeit, um Fruchtbarkeit des Jahres als Opfer dargebracht. Alle diese
Züge treffen zusammen, um die Gloso, das Roggenschwein
und den Freyseber als ein und dasselbe mythische Wesen
erscheinen zu lassen. Gleichwol würde man fehlgehen,
wollte man die schwedische Gloso, die deutsche Roggensau für das geheiligte Thier des Freyr, oder gar eines
durch kein Zeugnifs belegten deutschen Gottes Frô erklären; sie beide sind selbständige Thierdämonen, deren
einer (der skandinavische) im Fortschritte des religiösen
Bewufstseins zu den Göttern der Fruchtbarkeit, Freyr und
Freyja, in ein näheres Verhältnifs trat und darum auch
ihnen geopfert wurde, grade so wie die Tödtung des
Getreidehahns, die ursprünglich blofse Nachahmung der
Vernichtung des Dämons im Kornschnitt war, in der Sitte
nahezu den Charakter eines Opfers annimmt. Wenn nach
einer Sage auf der Gloso „en liten gubbe med röd pinn-
hätta" reitet, so sehen wir sie mit einem anthropomorphischen Kobold in ähnlicher Weise verbunden, wie in
den Sagen vom wüthenden Heer und der wilden Jagd
menschlich gestaltete Geister und Schweine oder Hunde

mit einander umfahren; zwei verschiedene Naturbilder
für ein und dasselbe Phänomen sind combinirt. Analog
tragen auch die aus Holz, Kornhalmen u. s. w. verfertigten
Darstellungen anderer Korndämonen, z. B. des Halmbockes,
in Deutschland mitunter einen Reiter. Auch kann eine
solche Combination bereits in hohes Alter hinaufreichen.
Seit Malte Brun hat man allgemein mit Freys und Freyjas goldborstigem Eber, der im Hyndluljoð das Beiwort
hildisvíni empfängt (unzweifelhaft, weil Freyja ríðr til vígs,
þá á hon hálfan val), die Angabe des Tacitus über die
Verehrung der Göttermutter bei den Vorfahren des letto-
preußischen Stammes den Aestyern verglichen: „Matrem
deum venerantur. Insigne superstitionis formas aprorum
gestant id pro armis omniumque tutela securum deae cul-
torem etiam inter hostis praestat" (Germ. 45). Eberbilder,
sei es als Helmschmuck, sei es sonst als Amulete getragen, dienten statt aller Waffen zum Schutz selbst unter
Feinden, offenbar weil diese den Glauben an die vernich-
tende Kraft des innewohnenden Dämons theilten. Die
mater deum ist doch wol als eine Göttin des Erdlebens
zu fassen; mithin mag es nicht unwahrscheinlich sein, daß
der ihr heilige Eber ein Sturm- und Gewitterthier (Windsau) war.

In den uns erhaltenen späteren Quellen der letto-
preußischen Mythologie suchen wir vergeblich dieses
Wesen; das Schwein erscheint darin nur als Opferthier,
zumal beim Erntefest und ähnlichen Gelegenheiten, unter
Umständen jedoch (Erschlagen durch Knüttel), welche die
Vermuthung begründen können, daß hier die symbolische
Tödtung eines Korndämons in ein Opfer übergegangen

sein möge. Dagegen begegnen uns in skandinavischen Sögur mehrere halbverschollene Kunden aus grauer Vorzeit, wonach König Ögvaldr von Rogaland in Norwegen, König Eysteinn Beli von Sviariki, die Einwohner von Hvitaby Kühen göttliche Verehrung gezollt hätten; man erfährt, daſs die angebetete Kuh in die Schlacht mitgenommen wurde und durch ihr Gebrüll die Feinde schrecken sollte. Noch zu Olaf Tryggvasons Zeit opferte ein gewisser Harekr bei Throndheim einem Rinde. Da wir jetzt Eber und Kuh als zwei ganz parallele Gestaltungen des Wetter- und Korndämons zu erkennen vermögen, da unsere agrarischen Bräuche uns vergewissern, daſs auch lebende Thiere (vgl. den Bauthahn, die Mooskuh) als Verkörperungen jenes göttlichen Wesens gehegt wurden, stellen sich jene göttlich verehrten Kühe des Nordens den Eberbildern der Aestyer eng zur Seite.

IV. Noch eine andere Mittheilung eines alten Schriftstellers möchte man versucht sein, aus dem Zusammenhange der nachstehenden Erörterungen heraus zu deuten. Bekanntlich berichtet Caesar (B. G. VI. 16) von den Galliern: „Alii immani magnitudine simulacra habent, quorum contexta viminibus membra vivis hominibus complent, quibus succensis circumventi flammis exanimantur homines". Die Götzenbilder, deren aus Baumreisern geflochtene Glieder jedesmal von den entsprechenden Körpertheilen eines hineingesteckten Menschen ausgefüllt wurden — so fasse ich die schwierige Stelle auf — vergleichen sich den Gestellen aus schlanken biegsamen Birkenreisern mit Laub umwunden, oder aus Stangen und Latten mit Tannenzweigen um-

kleidet, in welche man bei den Frühlingsgebräuchen (vgl.
z. B. Panzer, Beitr. I. 234; Birlinger, Volksth. a. Schw. II.
114, 144) die Personen zu stecken pflegt, die den einge-
holten Pflanzendämon darstellen, den oft 8—10 Fuſs hohen
Kornpuppen, in die man zur Erntezeit einen Knecht oder
eine Magd als Repräsentanten des Getreidedämons hin-
einbindet. Die Verbrennung dieser Wesen glaubte ich in
den Oster-, Mai- und Johannisfeuern nachweisen zu können.
Wir haben Nachrichten, daſs in solchen Feuern sowohl
Puppen (den Erbsenbär u. s. w. darstellend), Strohmänner
(vgl. z. B. Birlinger, Volksth. a. Schw. II. 100, 128 Engel-
mannsköpfen), Pferdehäupter, grüne Zweige, als auch an
andern Orten lebende Thiere (Kühe, Kälber, Eichhörnchen,
Katzen, Füchse) verbrannt wurden (vgl. Myth. 2, 575. 576.
585), ja J. Grimm (Myth. 2. 580) weist nach, daſs das
Hindurchlaufen oder Hindurchtreiben von Menschen und
Thieren durch die Flammen solcher Nothfeuer nicht über-
all den Charakter der Lustration, sondern mehrfach den
der Milderung eines barbarischen Opfers trage. Wenn nun
vorzugsweise aus celtischen Landschaften in Schottland und
Frankreich die Verbrennung von Thieren im Bealtine und
Johannisfeuer noch bis auf neuere Zeit nachweisbar ist,
liegt nicht die Vermuthung nahe, daſs der von Caesar be-
richtete gallische Brauch, den wol jede einzelne Markge-
nossenschaft für sich übte, die Tödtung des anthropomorphischen Dämons der Vegetation zur Sonnenwende des
Sommers oder an einem andern groſsen Jahresfeste darstellen sollte! Wol nach Posidonius gibt Strabo die
Schilderung einer der cäsarischen verwandten Sitte:
καὶ κατασκευάσαντες κολοσσὸν χόρτου, καὶ ξύλον ἐμβα-

λόντες εἰς τοῦτον, βοσκήματα καὶ θηρία παντοῖα καὶ ἀνθρώ-
πους ὡλοκαύτουν. Str. geogr. C. 198, was Meineke bessert:
καὶ ξύλων, ἐμβαλόντες εἰς τοῦτον βοσκήματα, &c. Ich
möchte ξύλα vorschlagen und annehmen, daſs man neben
dem Heumanne Thiere und Menschen in die Flammen
warf.

Zu dem Riesenkerl aus Heu vergleiche die Heu-
puppe bei Beendigung der Maht (Kuhn, westf. Sag. II.
175, 484).

Unserer Auffassung widerspricht nicht, daſs Diodor.
Sic. V. 32 ähnlichen Brauch von einem fünfjährig wieder-
kehrenden Feste meldet. Wie die böotischen Dädalen nur
alle 7 Jahre gefeiert wurden, obgleich sie die jährliche Braut-
schaft des Zeus mit der Hera im Lenze versinnbildlichten,
konnte sehr wol jene gallische Feier, wenn sie etwa aus
einem jährlichen Naturfest der Dorfschaft zur staatlichen
Cultushandlung eines ganzen Gaus geworden und dabei
mit Verdunkelung ihres ursprünglichen Sinnes ins Colos-
sale ausgeartet war, wegen des groſsen Apparates an
menschlichen Opfern auf gröſsere Zwischenräume be-
schränkt sein.

Wenn ich trotz der mehrfachen Schwierigkeiten, die
sich meiner Auslegung entgegenstellen, auf die Gefahr des
Irrthums hin die vorstehenden Vermuthungen nicht zurück-
halte, so geschieht es, weil die Sache mir werth scheint,
eine tiefere Untersuchung anzuregen, die sich zunächst
darüber ins Klare zu setzen hätte, in wie weit die Nachrichten der genannten Schriftsteller über druidischen
Cultus auf gemeinsamen oder verschiedenen Quellen
beruhen.

Mit dem Wunsche, dafs diese kleine Schrift nicht nur bei den Fachgenossen eine freundliche Aufnahme finden möge, verbinde ich die erneute Bitte an alle, die dazu im Stande sind, mich durch zuverlässige Mittheilungen in der Vollendung der übernommenen Aufgabe freundlich und hilfreich fördern zu wollen.

Danzig, im December 1867.

Wilhelm Mannhardt.

DIE KORNDÄMONEN.

In dem Wachsthum der Gräser, der Feldfrüchte, der Obst- und Waldbäume, kurzum in der gesammten Vegetation glaubte man ehedem eine Anzahl theils thiergestaltiger, theils menschenartiger Dämonen thätig, welche bei mancher Verschiedenheit im Einzelnen doch nur jedesmal ein anderer Ausdruck für denselben Grundgedanken zu sein scheinen.

Die vorzüglichsten Thiergestalten, in welche der Dämon sich kleidet, sind: Hase, Hirsch, Reh, Schwein (Eber und Sau), Geifs (Bock oder Ziege), Schaf, Rind, (Stier oder Kuh), Rofs, Esel, Bär, Wolf, Fuchs, Hund (Hund, Betze), Katze (Kater, Katze), Maus, Vogel, Huhn (Hahn, Henne), Gans (Gänserich, Gans), Storch, Schwan, Drache, Kröte. Mehrere dieser Gestalten sind im Volksglauben schon sehr verblichen, so Hirsch, Reh, Rofs, Gans, Schwan; für die übrigen rinnt die Ueberlieferung voll und stark, so jedoch, dafs die einzelnen zu einander gehörigen Glieder oft weit verstreut an weit von einander abliegenden Orten sich wiederfinden. Die Mehrzahl dieser Wesen steht in deutlich erkennbarem Zusammenhange mit analogen Auffassungen des Windes und der Wetterwolken, von denen ersterer für sich oder im Mythus von der wilden Jagd z. B. als Hase, Hund, Schwein u. s. w., letztere als Bären, Böcke, Schafe, Kühe, Katzen, schwarze oder rothe Vögel u. s. w. personifizirt werden. Ins Wiesengras oder in das Kornfeld sah man Wind und Wolke (letztere im Blitz und Regenergufs) sich schadend oder befruchtend niederlassen. Daher die Vorstellung, dafs die im Wetter waltenden Mächte in Feld und Acker ihr Wesen treiben. Ein sehr deutliches Beispiel für diese Zusammenhänge gewährt die weitverbreitete Phrase: Bullkater, Wetterkatze oder Kattenspôr für Wind- und Wetterwolken. Wallt nun der Wind im Korne, so sagt man im Bremischen: „die Windkatzen laufen im Getreide, die Wetterkatzen sind drin", und in der Propstei bei Kiel warnt man die Kinder, keine Kornblumen zu suchen, damit sie der Bullkater nicht hasche. In der nämlichen Weise redet man von den Hasen, Bären, Wölfen, Hunden, Windsäuen, Böcken, die im Getreide gehen, wenn dasselbe in Wellen wogt oder „wolkt"; die Volksphantasie sieht die oben genannten Thierwesen auch sonst im Getreide liegen und der Bauer mahnt davon ab, ihnen zu nahen. Hiebei ist zu bemerken, daſs man entweder von einem einzelnen Wesen dieser Art, oder von einer ganzen Schaar spricht — „der Wolf geht im Korn", oder „die Wölfe jagen sich im Korn", — grade wie in der Vedenmythologie bald von dem einen Dämon Vritra, bald von vielen Vritras die Rede ist. Getreu der Natur der Winde und Wolken, welche bald fördernd, bald zerstörend auf die Vegetation einwirken, schreibt man jenen Wesen eine doppelte Verrichtung zu. Nach den einen nähren sie sich im Saatfelde von den Körnern und machen die Aehren taub, nach den andern bewirken sie Fülle des Getreides, und zwar entweder als männlich-zeugende oder weiblich-gebärende Mächte. Zur Erntezeit ist die Geburt vollendet. Beim Schneiden des Kornes flieht der Dämon von Ackerstück zu Ackerstück. Wer während der Erntearbeit krank wird, der ist unversehens auf das göttliche Wesen gestoſsen und wird für profane Berührung mit körperlichem Übel gestraft; ihn hat der Roggenwolf untergekriegt, der Erntebock hat ihn gestoſsen. Kommt eine Erntearbeiterin während dieser alle Sinne erregenden Zeit zu Fall, so hat der Austbock (Erntebock) mit ihr Muthwillen getrieben. Endlich in den letzten Halmen des Geschnittes oder in der letzten Garbe stöſst man auf das

Organ des zeugenden oder gebärenden Princips (im Namen
der letzten Garbe und gewissen Gebräuchen prägt sich diese
Anschauung deutlich aus)[1] oder man wird des unsichtbaren
Dämons selbst in aller Leibhaftigkeit habhaft. Dann rufen
die Schnitter, in der letzten Garbe sitze der Hase, die
Roggensau, der Halmbock, der Kornwolf, der Schotenhund,
der Kornstier u. s. w. Man fordert auf sie zu fangen,
man rühmt jubelnd sie zu haben, obgleich ein jeder sich
scheut sie davon zu tragen, wie man heutzutage gemeinhin
meint, weil es eine Schande sei, ehedem unzweifelhaft
wegen Gefährlichkeit der Berührung. Wer den letzten
Sensenhieb macht oder die letzte Garbe bindet, erhält den
Namen des ergriffenen Dämons, heifst nun selbst ein Jahr
lang Roggenwolf, Roggensau, Haferbock, Hahn, u. s. w.
und stellt, in Stroh eingewickelt umhergeführt oder durch
andere symbolische Handlungen das im Getreide hausende
geisterhafte Wesen selbst dar. Aufserdem wird dieses
häufig durch eine aus der letzten Garbe, aus Holz oder
Pappe verfertigte Puppe in Thiergestalt nachgebildet,
welche unter lautem Gejuchze auf dem letzten Erntewagen
heimgeführt wird. Auch wo die Puppe nicht mehr Thiergestalt erhält, heifst die letzte Garbe doch noch Roggenwolf, Hase, Bock u. s. w., und solche Namen gehen mitunter sowohl auf das letzte zur Einfahrt in die Scheune
bestimmte Erntefuder, als auch — obwohl seltener — auf
die Hocken über, in welchen die Garben auf dem Felde
zusammengestellt werden. Gewöhnlich nimmt man an,
dafs in der letzten Garbe jeder Fruchtart ein Dämon gefangen werde und demgemäfs unterscheidet man einen
Korn- oder Roggenwolf, Gerstenwolf, Haferwolf, Erbsen-
wolf, Kartoffelwolf, mitunter aber wird die das gefangene
Unthier darstellende Puppe nur bei der letzten Frucht der
ganzen Ernte überhaupt verfertigt. Da nun der Roggen
unserem Volke für das wichtigste Nahrungsmittel gilt,
der Hafer und die Hülsenfrüchte gemeinhin zu allerletzt
nach allem übrigen Anbau in die Scheunen gebracht

werden, so drängen sich bald Gestalten, wie der Roggenwolf, der Haferbock, die Habergeifs, der Erbsenbock, der
Erbsenbär vor ihren Verwandten, dem Gerstenwolf, Kornbock, Roggenbär u. s. w., so sehr in den Vordergrund,
dafs diese Bezeichnungen die appellative Natur verlierend
und einem Eigennamen sich nähernd auch dann verwendet
werden, wenn von dem in anderen Getreidearten weilen-
den Dämon die Rede ist, wie man beispielsweise von
einem Roggenfelde sagt, darin sitze der Erbsenbock; ja
der Roggenwolf, die Habergeifs und der Erbsenbär gedeihen zu solcher Selbständigkeit, dafs sie auch vom Pflan-
zenleben und der Erntezeit losgelöst im Volksglauben und
Volksbrauch, z. B. in Kinderspielen, Fastnachts- und Weih-
nachtsaufzügen eine Rolle spielen. Die geschilderten
Wesen entfalten jedoch nicht allein im Kornwachsthum
ihre Wirksamkeit. Es geht das zur Genüge schon daraus
hervor, dafs auch ein Graswolf, Pflaumenwolf, Baumesel,
Heupudel, eine Heukatze, Kleesau neben Roggenwolf,
Schotenhund, Kornsau, Scheunesel, Kornkatze nachweisbar
sind, und dafs Bock und Bulle um die Weihnachtszeit die
Obstbäume befruchten sollen (de Böm bî den Buck bringen). Des Getreidedämons Name wird auf eine Anzahl
im Korne hausender Insekten und andere wirkliche Thiere,
ebenso auf Auswüchse der Ähren übertragen, andererseits
nimmt ihre von vorneherein anthropopathisch gedachte Gestalt auch äufserlich einen Anlauf zur Vermenschlichung.
Der Roggenwolf wird mit dem Werwolf identifizirt[2]; ein
Katzenmann, Bockmann (Bockelmann) weilt im Korn; vor
dem Bockmann warnt man aber auch die Kinder, welche
sich im Walde verlaufen wollen. So erfüllen deutlich die
nämlichen satyrartigen Wesen das Leben der Äcker, der
Wiesen und des Waldes. Ohne mit den Pflanzen selbst
identifizirt zu werden, sind sie doch in einem sehr hohen
Grade an das Leben derselben gebunden. Über die Art
und Weise, in welcher das geschieht, gehen die dem Volksgebrauch zu Grunde liegenden Anschauungen jedoch aus-

einander. Nach einer auf weitem Gebiete nachweisbaren Vorstellung ist das Abschneiden des Getreides und Wiesengrases zugleich der Tod des innehausenden Dämons. In Norwegen erschlägt, tödtet der Schnitter der letzten Halme den Bock, die Geifs oder den Hasen und mufs das Hasenblut in Gestalt von Getränk den Mitarbeitern austheilen. Im Trier'schen schneidet der Letzte der Geis den Hals ab; der Roggenwolf wird todtgeschlagen u. s. w. Dramatische Darstellungen der Tödtung des Dämons wurden allmählich auch aufserhalb der Erntezeit als Volksbelustigungen aufgeführt. In Pariser Parlamentsakten vom Jahr 1401 ist als Spiel pikardischer Landleute erwähnt, mit Sicheln nach der Sau zu werfen[3], und schon im zwölften Jahrhundert wurde eine andere später in deutschen Städten sehr beliebte Form dieses Gebrauchs von den Fahrenden auf der Hochzeit Garcias VI. von Navarra zur Schau gestellt.[4] Nach alter Auffassung ist aber die Tödtung des Korngeistes ein Frevel, der mit dem Tode des Thäters gebüfst werden mufs. Daher vielfach der Aberglaube, dafs der Schnitter des letzten Kornes sterben müsse. Nach anderer Auffassung fällt die Verantwortlichkeit auf den Bauerwirth als intellectuellen Urheber und auf dessen Familie zurück. Ihre Häupter sind dem Tode verfallen, wenn er sich nicht durch eine Mordsühne löst. Diesen Gedanken drückt die Sitte aus in dem durch Dänemark und Niedersachsen verbreiteten, in Polen wiederauftauchenden Gebrauche, dafs die heimkehrenden Schnitter die schönsten Kohlköpfe im Garten abschneiden, wofern der Gutsherr nicht ihnen entgegenschreitend mit einem guten Trunke oder Trinkgeld sich loskauft. Sie vollziehen sinnbildlich die Tödtung nach der nämlichen Symbolik, deren sich angeblich der milesische Tyrann Thrasybulos und Tarquinius Superbus bedient haben sollen, indem sie Kornähren und Mohnköpfe abschlugen und damit die Köpfe der Ede'n in Korinth und Gabii andeuteten, welche durch Henkershand fallen sollten.[5] Unser Volksglaube spricht die

Ideenverbindung zwischen den Kohlköpfen und Menschen-
häuptern auch sonst dadurch aus, dafs ein absterbender
Kohlkopf den Tod eines Familiengliedes anzeigen soll.
Nach der gewöhnlichen Annahme findet der Korngeist
jedoch keineswegs durch die Sense des Schnitters seinen
Untergang. Er lebt, solange es noch irgendwo unausge-
körntes Getreide gibt. In die letzte Garbe des Aus-
drusches sich flüchtend, wird er in dieser ergriffen. Demjenigen, welcher den letzten Drischelschlag macht, ruft
man zu, er habe die Kornsau, die Aumsau (Aum = Spreu),
die Scheunbetze, den Dreschhund u. s. w. Die Knechte
ermuntern einander auf die letzte Lage Getreide mit den
Flegeln tüchtig einzuhauen, es liege der Farre (Stier) darunter, „hau gôd, de Farr liggt unde!“ Man mag bei
Frischbier nachsehen, wie diese Redensart misverstanden
zu einem albernen Histörchen von einem geizigen Pfarr-
herrn, der sich im Korn versteckt habe, Veranlassung gegeben hat.' Wiederum wird eine Puppe in Gestalt des
vermeintlichen Dämons verfertigt und in vielen Fällen dem
Drescher auf den Rücken gebunden, woraus hervor-
zugehen scheint, dafs man das Unthier als aufhockend
sich vorstellte. Jener mufs die Puppe zu einem Nachbar
tragen, der noch nicht mit dem Dreschen fertig ist, und
daselbst in die Scheune werfen. Siehe da eine symbolische
Darstellung der eingebildeten Thatsache, dafs dort, wo
noch ungedroschenes Korn vorhanden ist, auch der Korndämon noch lebe. Mitunter freilich wird der Drescher
selbst in das Stroh der letzten Garbe eingebunden, mit
Namen wie Kornsau, Erntebock und dergl. spottweise be-
ehrt und als das eingefangene geisterhafte Wesen selbst
behandelt, indem man ihn etwa in den Schweinestall ein-
sperrt und mit den beim Borstenvieh üblichen Lockworten
anruft.⁷ Diese Wendung der Volkssitte geht bereits un-
merklich in die andere Anschauung über, dafs der Dämon
der Vegetation, der nun aus dem Getreide vertrieben ist,
in Hof und Haus des Ackerwirths fortlebe und dort

freundlich empfangen und mit frommen Bräuchen ange-
eignet seine Segnungen verbreite. Auf dem letzten Erntefuder thronend oder von der Binderin getragen wird die
den Korngeist darstellende Figur jubelnd vom Felde her-
eingeholt und mit schönem Spruche dem Gutsherrn überreicht. Wie die Braut oder ein neues Hausthier dreimal
den Herd umwandelt, wird der heimkehrende letzte Erntewagen oder die getragene Erntepuppe dreimal um das
Haus oder die Scheuer geführt, oder unter allerlei Hinder-
nissen unter die Heerdkappe getragen. Sie erhält ihren
Platz auf der Vordiele des Herrenhauses, wird zur Seite
der Hausthür, an dem Hausgiebel oder auf dem Dache
befestigt und verweilt hier, bis im nächsten Jahre eine
neue Erntepuppe die alte ersetzt. Der Hauswirth scheut
sich, sie vor Ablauf dieser Zeit fortzugeben, offenbar weil
an das Verweilen des Dämons Segen für Haus, Scheuer
und Vorrathskammer geknüpft war. An der First, auf
dem Dache, zur Seite der Hausthür sollte sein Bild vermuthlich zur Abwehr böser Einflüsse als Amulet dienen.
Auch der ebengeschilderte Kreis von Vorstellungen ist
noch nicht der letzte, der sich in den Überlieferungen vom
Verbleiben des Korndämons unterscheiden läfst. Vielfach
ward die Erntepuppe nur bis zur Saatzeit im Herrenhause
aufbewahrt, dann ausgeklopft und die Körner unter das
Saatgetreide gemengt, zum deutlichen Zeichen davon, dafs
man annahm, der Geist der Vegetation trete im nächsten
Jahre mit dem Keimen der Pflanzen seine Verrichtungen
im Leben der Natur wieder an. Aus diesem Gedanken
scheinen einige Gebräuche hervorgewachsen zu sein, die
ich anfangs geneigt war anders, und zwar als Denkmäler
einer jüngeren fortgeschrittenen Ideenentwickelung zu be-
urtheilen. Der Dämon — diefs bedünkt mich der Inhalt
dieser Vorstellungen zu sein — lebt in und von dem Getreide, um seiner eigenen Ernährung willen schafft er
dessen Fülle, wie die Biene zu ihrer Speise den Honig zu-
sammenträgt. Der Mensch nimmt ihm die Früchte seiner

Thätigkeit zum Gebrauch für sich, er muſs aber wenigstens einigen Rest übrig lassen, damit jener überwintern könne. Daher lieſs man um Gardelegen einige Halme auf dem Acker stehen mit den Worten: „Das soll der Bock behalten". Im südlichen Schweden entspricht der deutschen Roggensau die Glôsô. Für sie läſst der Bauer einige unabgemähte Ähren auf dem Felde, einige Hände voll Korn auf der Dreschdiele, einige Äpfel auf dem Baume zurück mit der ausdrücklichen Bestimmung: „Das soll die Gloso haben", „das soll für die Gloso sein". Dann wirft er drei kleine Steine über die linke Schulter und ruft: „Hast du das aufgegessen, so gehe zu N. N.'s Hof". Wer der Gloso den geringen Fruchtantheil auf dem Acker, der Tenne, im Obstgarten läſst, hat im nächsten Jahre reichliche Ernte zu erwarten. Wer das nicht thut, dem friſst sie statt dessen aus der Kornscheuer. Es wird nun deutlich, warum ein das Korn auf dem Speicher ausfressendes Insekt Kornwolf genannt werden konnte. Der Verweisung des Kornschweins auf das Gehöft eines Nachbars liegt hier deutlich die Absicht unter, diesem die Versorgung des Unthiers durch den Winter zu überlassen. Freilich macht sich daneben noch eine andere Auffassung geltend, indem man den Gebrauch auch „der Gloso opfern" nennt. Das Wintersolstiz gilt dem Volksglauben als die Wende des Jahres. Von dort an treibt alles wieder dem Frühlinge zu und vorspukend lassen sich dann schon die Gestalten des Lenzes blicken. Die Gloso geht zu Weihnachten um; jener Erntegebrauch heiſst auch, der Gloso Julfutter geben. Von den drei auf dem Felde zurückgelassenen Ähren soll sie eine zu Christnacht, die andere Neujahrsabend, die dritte heil. Dreikönigsabend haben. In den Adventswochen wird der Umzug der Habergeis[9] und des Erbsenbärs dramatisch nachgebildet. [10] Es ist mehr als wahrscheinlich, daſs auch die skandinavischen in den Weihnachtsgebräuchen auftretenden Gestalten des Julgalt, Julebuk und der Julgjed (Weihnachtseber, Weihnachtsbock,

Weihnachtsgeiſs)[11] die deutschen Klapperbock[12], Nipphaun, Stoppegås[13], die polnischen Auerochsen und Wölfe[14], welche in der Adventszeit dargestellt werden, nichts anderes als die in den Tagen der Wintersonnenwende rückkehrenden Korndämonen bedeuten und Handelmann hat nicht Unrecht, wenn er als älteste Zeugnisse für sie die Vermummungen in Thiermasken zu Neujahr geltend macht, welche den Geistlichen des sechsten und der folgenden Jahrhunderte in Deutschland, England, Frankreich so sehr zum Ärgerniſs gereichten.[15] Es ist nun gewiſs bemerkenswerth, daſs die nämlichen Figuren, welche zur Weihnachtszeit umgehen, im Frühjahr, zu Fastnacht wieder auftauchen. Dann wird der Erbsenbär durch die Dörfer geführt, dann liefen die Fastnachtböcke[16] u. s. w., und zwar stellen sie entweder schon den Dämon der neuen Vegetation dar, oder sie bezeichnen den Ausgang des alten, wie z. B. an mehreren Orten zu Fastnacht der Erbsenbär verbrannt wird, offenbar in dem Gedanken, daſs jetzt im Lenze für seinen Nachfolger die Epoche des Antrittes gekommen sei. Wenn aber das Volk im März auf die Felder zu gehen warnt, weil darin das Märzenkalb sich verstecke, wenn von einem April-, Maiochsen die Rede ist[17], in der sprossenden Saat das Muhkälbchen sitzen soll, wenn in Frühlings- oder Sommergebräuchen Personen oder Thiere Namens Pfingstfuchs, Pfingstkuh, Pfingsthammel, Gadelamm, Gadebasse (Gassenlamm, Gasseneber) in junges grünes Laub eingehüllt umhergeführt[18], wirkliche Füchse, Vögel u. s. w. umhergetragen werden[19], so liegt die durch verschiedene Umstände stark unterstützte Vermuthung sehr nahe, daſs hier die Pflanzendämonen des neuen Jahres zu verstehen sind, weshalb neben jenen Thierfiguren mit leiser Wendung des Gedankens auch Namen wie Pfingstblume, Mairöschen[20] für die in Laub und Blumen gehüllten Bursche und Mädchen verwendet werden. Jene Geister halten ihre Frühlingseinfahrt in das Land, ein Zug, der sich am deutlichsten in der schwäbischen Frühlingseinholung des

Wasservogels ausspricht, der über das Meer (denn über
das Meer her kommt aus der Ferne der Frühling) in
grünem Laube daherfährt.[21] Ihm steht in den Erntegebräuchen ein Weizenvogel, Rätschvogel[22] zur Seite, wie der
Pfingstmocke die Kornmockel[23], dem Gadebasse die Roggensau[24] u. s. w. Wie schon die Ausdrücke Märzkalb, Gadelamm darthun, lief neben der Auffassung, daß die Geister
des alten Jahres im neuen ihre Wirksamkeit wieder be-
ginnen, eine zweite auch aus der Vorstellung vom Tode
der Korndämonen durch Schnitterhand als nothwendige
Consequenz folgende her, wonach sich in immer erneuten
Zeugungen das Numen der Vegetation durch den Laut
der Zeiten fortpflanzt. Deshalb ruft man der die Kornkuh
darstellenden Binderin der letzten Garbe zu, sie bulle,
d. h. sie bereite sich zu neuer Empfängniß vor. Ermattet
eine Arbeiterin während der Ernte, so „hat sie ein Kalb geworfen". Und entfallen von dem die letzte Garbe tragen-
den Fuder einzelne Getreidebunde, so werden "die
Ferkel verschüttet".

In einem unverkennbaren aus dem bis jetzt vorliegen-
den Material jedoch noch nicht nach Umfang und Art voll-
kommen bestimmbaren Zusammenhange mit den im Vorstehenden geschilderten Feld- und Walddämonen stehen
die Dorfthiere[25], zu denen auch der niedersächsische
Welthund[26], die skandinavischen Kirkevarsler und Kyrkogrime[27] zu rechnen sind, was freilich einer eigenen Ausführung bedarf. Die Dorfthiere sind Spukgestalten, die
als Schwein, Rind, Huhn, Katze, Schaf, Hahn u. s. w.
sich mit feurigen tellergroßen Augen auf den Höfen der
Kirchen, in den Straßen oder der Umgebung des Dorfs
und der kleinen Stadt auf Feld und Wiese legen und dem
nächtlichen Wanderer den Weg vertreten, sich ihm auf
den Rücken hocken und eine Strecke Weges tragen,
oder ihn wider seinen Willen stundenlang über Stock und
Stein auf sich reiten lassen; zumal liederlichen Leuten,
Dieben, Trunkenbolden stellen sie nach. Die Sage schil-

dert sie fast durchgängig als verwünschte Seelen. Wer sie zufällig mit einem Gliede seines Körpers berührt, bekommt an Kopf, Hand, Füfsen Geschwüre. Sie bekunden eine nahe Verwandtschaft zu den gleichgestalteten Thierwesen der wilden Jagd und des wüthenden Heeres und treten mitunter ganz in der Rolle von Seelengeleitern auf. Hienach erscheinen die Dorfthiere vorwiegend als die Geister der Vorfahren, die den Schutz der Gemarkung übernehmen. Dieselbe Gloso nun, der man in Schweden einige Bunde des letzten Kornes auf dem Acker stehen läfst, streicht über die Felder mit tellergrofsen Augen, läuft dem Begegnenden zwischen die Beine, nimmt sie auf den Rücken und jagt mit ihnen über Äcker und Wiesen [28]. Während man um Neuhaldensleben die Kinder vor der íseren Range (Sau) warnt, die im Kornfeld sitze, bei Magdeburg in der letzten Garbe diese "Range" gefangen wird, läfst sich im Harz in den Dohnenstrichen ein eisernes grünes Schwein sehen, das einen hohen grünen Busch auf dem Buckel hat und sich ganz nach Art der sonstigen Dorfthiere geberdet. [29] Wenn diese gemeinhin dem Wanderer auf den Rücken springen, so stimmt dazu, dafs die den Korndämon darstellende Puppe auf den Rücken gebunden wird; aus oder unter Bäumen pflegen die Dorfthiere hervorzukommen. Einzelne Sagen erklären, dafs, wenn dort, wo das Dorfthier seinen gewohnten Weg nimmt, das Getreide besonders schön golden reift, oder wenn es in den Ähren auswächst und schwarz wird, dies die Wirkung der Feueraugen sei, mit den es die Fruchtfelder mifst. [30] Soll der Jahrgang recht fruchtbar werden, so läuft das Dorfthier mit sieben Jungen. [31] Die Verwandtschaft mit den Thieren der wilden Jagd kann bei dem Ursprunge der Korndämonen aus Wind- und Wolkenwesen nicht auffallen. Aus dieser Verwandtschaft erklärt sich die psychopompische Natur der Dorfthiere; aber auch bei ersteren, z. B. dem Roggenwolf, bricht dieselbe in einzelnen Andeutungen hervor.

Im nördlichen Småland läßt man eine Handvoll des letzten Kornes auf dem Acker für die Gräfso stehen, damit das nächste Jahr an Früchten reich sei.[82] In Dänemark ist die Grafso ein im Hügel auf vergrabenem Schatze hockendes Schwein, Schatzgräbern läuft es zwischen die Beine und hebt sie auf seinen scharfen Rücken.[83] Als gespenstige Hüter des in die Erde versunkenen Hortes, der alle sieben Jahre in die Höhe rückt, nennt die deutsche und skandinavische Sage wiederum Hund, Schwein, Rind, Lamm, Huhn, Gans, Schwan, Drache, Kröte u. s. w.[84] Durch einseitige Rücksichtnahme auf die am häufigsten genannten Schatzwächter Hund und Drache, durch eine Reihe thatsächlicher Beobachtungen und vor Allem durch einige entschiedene Analogien der vedischen Mythologie wurde die Ansicht der neueren Mythenforscher dahin bestimmt, unsere Schatzsagen einfach für eine irdische Localisation coelestischer Vorgänge, die Schatzthiere für die das Sonnengold oder das Regenwasser raubenden Wolkendämonen zu erklären.[85] Nach Erwägung aller in Betracht kommenden Züge halte ich zwar an der Annahme auch jetzt noch fest, daß die Schatzsagen in der That von der bildlichen Anschauung meteorischer Erscheinungen ihren Ausgang nehmen, ich glaube aber, daß dieselben auf das Erdleben übertragen sind, und daß es eine Zeit gegeben haben muß, in welcher die während der sieben Wintermonate verschwundene Vegetation als ein Schatz angeschaut wurde, welcher in den Boden versunken dort von den Wind- und Wolkendämonen gehütet wird, die im Sommer im Pflanzenwachsthum ihre Wirksamkeit entfalten.

Nicht von jedem Getreidethiere sind alle angedeuteten Überlieferungen nachweisbar, doch bringt fast jeder Zuwachs der Sammlung einen oder den andern der als ehemals vorhanden vorauszusetzenden Züge wieder zum Vorschein. Ich möchte mir erlauben, dieß in kurzen Umrissen an einem Beispiele zur Anschauung zu bringen.

In Oestreich warnt man die Kinder sich ins Getreidefeld zu verlaufen, es sitze der Troadhân (Getreidehahn)
darin und hacke ihnen die Augen aus. In norddeutschen
Gegenden rufen die Schnitter beim Schneiden der letzten
Halme, im letzten sitze der Hahn[36], nun werde der Hahn
gegriffen, „nu will wi den Hân rûtjâgen", „do
flüggt he hen!" Man behauptet, sich ihm zu nähern,
ihn schon zu haben. Ein aus Ähren verfertigtes Hahnbild
wird auf einer Stange in das zu mähende Ackerstück gesteckt, lustig krähen die Knechte, bis das letzte Korn
unter der Sichel gefallen ist und einer die Stange jauch-
zend nach Hause trägt. Um Fürstenwalde langt der Gutsherr, sowie die Reihe des Aufbindens an die letzte Garbe
kommt, einen lebenden Hahn aus mitgebrachtem Korbe,
löst ihm die zusammengebundenen Flügel und lässt ihn auf
dem Felde laufen. Alle Anwesenden haschen nach ihm,
bis er sich gefangen giebt. Anderswo greift man wetteifernd nach den letzten abgeschnittenen Halmen selbst;
wer die erwischt, mufs krähen und heifst Hahn. Die letzte
Garbe führt die Namen Hahn, Hahngarbe, Bauthahn
(Erntehahn), Aarhenne (Erntehenne), Herbsthahn. Man
unterscheidet auch nach den Fruchtarten den Weizenhahn,
Bohnenhahn u. s. w. Ein Hahn aus Stroh wurde in
Schlesien auf die für die Arbeiter als Erntelohn stehen ge-
lassenen Mandeln gestellt, in Siebenbürgen hiefs ein Büschel
Ähren, das auf den für den Pfarrer bestimmten Zehnt-
haufen gebunden wurde, kokesch (Hahn)[37] und in der Nie-
derung bei Danzig werden die zum Schutz des Getreides
gegen Regen auf dem Felde errichteten Hocken Kokoschk-
ken, d. h. Hennen, genannt. Dem letzten Erntewagen
voran tragen sie vornehmlich in Westfalen einen aus Holz,
Pappe oder Ähren verfertigten Hahn, der reich mit bun-
ten Bändern und Goldpapier geschmückt ist, oder derselbe
prangt auf der Spitze eines Maibaums, der das letzte Fuder
ziert. Anderswo wird ein Ärntekranz auf einer Stange
dahergetragen, auf welchem, oder innerhalb dessen ein

lebender reich geschmückter Hahn oder sein Abbild sitzt. ³⁸
In Congreſspolen, Galizien u. s. w. ist dieser lebende Hahn
oben auf der Ähren- und Blumenkrone befestigt, welche
die Vorschnitterin dem Erntezuge voranschreitend auf dem
Kopfe hat. In Schlesien überreicht man dem Gutsherrn
einen lebenden Hahn auf einem Teller. Die Erntemahlzeit, welche nun folgt, heiſst Hahnmahlzeit, Erntehahn,
Meierhahn, Schnitthahn, Stoppelhahn, Aarhenne. Deutlich
erhellt aus manchen einzelnen Zügen, daſs man dem dämonischen Getreidehahn, sowohl schädliche als segende
Wirksamkeit zuschrieb. Er soll durch Abpicken der Körner die Feldmäuse ernährt haben; wäre er nicht gefangen,
er hätte den Bauer rein ausgefressen. Andererseits wünschen die Überbringer des Hahns dem Wirthe, er möge
so viele Garben zählen, als der Hahn Körner im Kropfe
häbe. Je öfter der Hahn auf dem Kopfe der polnischen
Erntejungfrau von der Ährenkrone pickt, desto fruchtbarer
wird die nächste Ernte. Die westfälischen aus Holz oder
Päppe verfertigten Bauthähne tragen Feldfrüchte jeder Art
im Schnabel. Und im Liede, das die Überbringer her-
sagen, wird gradezu gesagt, der Hahn habe geschworen,
die Scheuer voll Roggen zu bringen, er habe noch einmal
geschworen, die Scheuer voll Weizen zu bringen.

Der Erntewagen mit dem Arnhahn wird rings um das
Haus geführt, und dann erst in die Scheuer. Darauf wird der
Hahn draußen über oder zur Seite der Hausthür, oder
hoch am Giebel festgenagelt und verbleibt hier bis zur
nächsten Ernte; rings im Kreise herum hängt man zuweilen Habichte und Eulen auf. Da auch beim Haus-
heben auf den Neubau ein hölzerner Hahn gesetzt wird,
liegt die Vermuthung nahe, daſs die Hähne, welche an
den Bauerhäusern mehrerer Gegenden, wie sonst die Pferdeköpfe, an den Windbrettern des Giebels angebracht sind ³⁹,
in nächstem Zusammenhange mit unserem Erntehahn
stehen.

Auch beim Dreschen „fängt den Herbsthahn" derjenige, welcher den letzten Schlag macht. In Ostfriesland heifst diese Person Tût (Gluckhenne) und man streut ihr Fruchtkörner wie einer Henne hin. Wer einen Erntewagen umwirft, „hat den Bauthahn verschüttet", d. h. er hat den Getreidehahn entwischen lassen und geht der Erntemahlzeit „des Hahns" verlustig. Sehr deutlich ist neben diesen Gebräuchen jene andere Vorstellung nachweisbar, wonach der dämonische Hahn mit dem Schneiden des Kornes sein Leben endet. Unmittelbar nach dem Kornschnitt wurde auf dem Acker ein Hahn todtgeschlagen. In manchen Orten Westfalens übergiebt der Bauer den mit dem Bauthahn einziehenden Knechten einen lebendigen Hahn, den sie mit Peitschen oder Knütteln tödten, oder mit einem alten Säbel köpfen und den Mädchen auf die Scheune werfen, zuweilen der Hausfrau zur Bereitung übergeben. Ist kein Fruchtwegen umgefallen, der Erntehahn also nicht verschüttet, so haben die Knechte das Recht, den Haushahn mit Steinen todtzuwerfen oder zu köpfen. Wo diese grausame Sitte erloschen ist, besteht gleichwohl häufig noch der Gebrauch, dafs die Bäuerin den Schnittern eine Hühnersuppe zurichtet und den Kopf des geschlachteten Haushahns vorweist. Bei den Szeklern in der Nähe von Udvarhely wird ein lebender Hahn in die letzte Garbe hineingebunden und von einem dazu erwählten Burschen mit einem Bratspiefs zu Tode gestochen. Den Leichnam balgt man aus und wirft das Fleisch weg, Haut und Federn werden bis zum nächsten Jahre aufgehoben. Im Frühjahre werden die Körner der letzten Garbe mit den Federn des Hahnes zusammengerieben und auf das anzubauende Feld gestreut. In der Umgegend von Klausenburg gräbt man einen Hahn auf dem Erntefelde in die Erde, so dafs nur der Kopf hervorblickt. Ein Jüngling durchschneidet ihm dann mit der Sense auf einen Streich den Hals. Gelingt das nicht, so heifst der Bursch ein Jahr lang rother Hahn, und man fürchtet, daſs die Ackerfrucht des nächsten Sommers nicht gerathen werde.

Die unmittelbar an den Ernteakt sich anschlieſsenden Darstellungen der Tödtung des Getreidehahns sind Schritt für Schritt von demselben losgelöst und zu selbstständigen Volksbelustigungen zu verschiedenen Zeiten des Jahres geworden. An irgend einem Tage kurz vor oder nach dem Erntefest wird in Schlesien ein mit Bändern festlich geschmückter Hahn auf einem vier- bis sechsspännigen leeren Erntewagen zu einem Stoppelfelde gefahren, von dort unter Geberden, als hebe man eine schwere Last, heruntergeholt, halb in die Erde gegraben und mit einem umgestülpten Topfe bedeckt, so daſs nur der Kopf aus dem durchlöcherten Boden des Gefäſses hervorblickt. Dann tritt ein Bursche nach dem andern mit verbundenen Augen her und sucht den Hahn zu köpfen, oder mit einem Knüttel zu erschlagen. Der Sieger heiſst Hahnkönig. Auch in anderen Gegenden wird diese Sitte vorzugsweise zur Erntezeit geübt, und zwar vielfach im Einzelnen variirt und in ihrer Grausamkeit gemildert, so daſs oft nur der leere Topf oder ein hölzerner, papierner, bleierner Hahn übrig bleibt. Eine abweichendere Form der Hahntödtung ist das dem auf gleichen Ursprung zurückgehenden Gänsereiten ähnliche Hahnreiten, wobei ein todter Hahn an einem über den Weg gespannten Seile hängt. Darunter durchreitend bemühen sich die Bauerbursche wetteifernd ihm den Kopf abzureiſsen. Andererseits findet zu Fastnacht, d. h. in der Zeit, wenn das Dreschen zu Ende geht, in gleicher Weise ein Hahnschlagen oder Hennenschlag statt, mit dem Unterschiede, daſs als Mordwaffe Dreschflegel angewandt werden, woher die ganze Sitte in England „to thresh the fat hen" benannt ist. [40] Den getödteten Hahn bindet man dem Sieger auf den Rücken. [41] Es fand die Tödtungsweise mit dem Dreschflegel, welche augenscheinlich der Vorstellung vom Verweilen des Korndämons in dem letzten unausgedroschenen Getreide ihren

Ursprung verdankt, zuweilen auch auf den Hahnschlag zur Erntezeit durch Misverstand Eingang. Nicht selten finden wir das Hahnschlagen auf Pfingsten und Johannis Baptistae übertragen. Im sechszehnten Jahrhundert fand es fast allgemein in die Schützenfeste der deutschen Städte Eingang, während dieselben auch andere Erntegebräuche in sich aufnahmen, wie z. B. die als letzter Gewinn regelmäfsig zuertheilte Sau mit Ferkeln, nach der im studentischen Sprachgebrauch Schwein für Glück üblich ward, unzweifelhaft der vom letzten Erntearbeiter erbeuteten Roggensau entstammt. [12]

Analog dem Hahnschlagen sind die selteneren Gebräuche des Stierwerfens, Bockschlagens, Hundeschlagens u. s. w. Durch dieselben miteinander geht uns aber das Verständnifs auf für eine ganze Reihe anderer Sitten. Am Jacobitage zu Johannis Baptistae, also zur Zeit der Sommersonnenwende, stürzte man Böcke, Katzen u. s. w. von Thürmen und Dächern hinab, köpfte man Vögel (Habichte), verbrannte man Katzen, Füchse u. s. w. im Sonnwendfeuer, oder warf sie, in einer Tonne über der Strafse aufgehängt, mit Knitteln oder Steinen zu Tode. [13] Es sind das theils Übertragungen vom Erntefest, theils scheinen diese Gebräuche selbständig den Gedanken darzustellen, dafs die Dämonen der Vegetation durch die heifse Sonne des Hochsommers den Tod finden.

Um auf den Getreidehahn zurückzukehren, so erweist sich dessen Beziehung zur Fruchtbarkeit auch durch den Zug, dafs dem hölzernen Erntehahn am Giebel des Hauses Eier untergelegt werden; dafs beim Hahnschlagen der Sieger Hahnbräutigam heifst und sich eine Hahnbraut wählt, endlich, dafs auch auf Hochzeiten das Hahngreifen und Hahnschlagen geübt wird. Wenngleich sehr verdunkelt, schimmert aus diesen Volkssitten die von dem Vorhergehenden abweichende Anschauung hervor, dafs der Getreidehahn fortlebe, um im nächsten Jahre selbst oder in seinen Nachkommen eine neue Wirksamkeit zu be-

ginnen. In der Gegend von Salzwedel schickt man zur
Säezeit Kinder mit einem Sacke voll grünen Gesträuches
aus, um den Saathahn zu holen, den der Säemann habe.
In Baiern wird nach der Aussaat der Saathahn vertrun-
ken." Dieser Saathahn ist entweder der Kornhahn des
neuen Jahres oder der überwinterte Getreidehahn, der im
Lenz wieder ins Feld geht. Letzterem entspricht das
Huhn in Weihnachtspielen, bei welchen ein Mädchen als
Henne aufgeputzt wird, um Liebesorakel zu ertheilen, oder
ein wirklicher Hahn auf einem Tische zwischen verschiedene Getreidehaufen gesetzt, deren jedem eine besondere
Bedeutung beigelegt ist, durch Picken Schicksalsfragen be-
antwortet." Und wie beim Hahnschlagen auf dem Erntefelde mitunter der Hahn auf ein in Umdrehung versetztes
Rad gebunden ist, so muß in der schwedischen Julstube der
jungen Burschen einer einen Strohhahn mit den Füßen rad-
ähnlich über sich hinüberwerfen, beides vermuthlich eine
Andeutung der im Jahresumlauf wieder zum Vorschein
kommenden Gestalt des Korndämons.⁴⁷

Nach deutscher Sage wacht auf bergversunkenen
Schätzen ein schwarzer Hahn⁴⁸; vergrabener Hort wird
nur gehoben durch den Tod eines schneeweißen oder
rabenschwarzen Hahnes⁴⁹; in der Tiefe der Erde brütet eine
Henne über goldenen Eiern.⁵⁰ In Schweden sagt man, daß
ein Mann, welcher sein Gut vergrub, nach dem Tode als
Drache über dem Horte ruhe, war es ein Weib als kohl-
schwarze Henne (Skåkhoena).⁵¹ In deutschen Überlieferungen erscheint wiederum der Kobold oder der fliegende
Drache, welcher seinen Freunden Gold (Erz) oder
Getreide zuträgt, nachdem er es vom Felde der Nach-
barn gestohlen, als ein schwarzer oder rother Hahn,
eine schwarze oder rothe Henne.⁵² Dieses Huhn speit
im Hause seines Besitzers fortwährend Weizenkörner aus
seinem Schnabel. Man trifft es, wie die anderen Dorfthiere auf Kreuzwegen herumirrend u. s. w.⁵³ Kann es
zweifelhaft sein, daß dieses Huhn mit dem im Erntefelde

gefangenen Getreidehahn identisch sei, um so mehr da
der fliegende Korndrache und der getreidebringende Kobold
auch als Hund, Katze Bock u. s. w. gestaltet, sich sehen
lassen, grade so wie alle sonstigen Korndämonen und
Schatzthiere?[54] Da aber der Korndrache sicher eine Per-
sonification von Erscheinungen des Wirbelwindes und des
Gewitters ist, knüpft auch der Getreidehahn damit an
Wind- und Wetterphänomene an, und es gewinnt Bedeutung, daß in der Rheinprovinz dem Schnitter der letzten
Halme, der den Hahn gefangen hat, der Cadaver eines
kleinen Thieres an die Wand genagelt wird, grade so wie
der wilde Jäger demjenigen der mitgejagt hat, den Leichnam eines erlegten Wildes an die Hausthür heftet.

Die angeführten Thatsachen werden genügen, um die
theriomorphischen Korndämonen zu charakterisiren. Ihnen
reiht sich eine Anzahl anderer menschlich-gestalteter an,
welche nicht, wie man erwarten sollte, eine höhere Stufe
und einen Fortschritt des religiösen Bewußtseins der Vorzeit bezeichnen, sondern in allen wesentlichen Stücken
ihnen gleichsehen, so daß wir genöthigt sind, für beide
die nämliche Entstehungszeit anzusetzen. Zunächst sind
zu unterscheiden ein männliches und ein weibliches Wesen,
ein Ehepaar, ein neugebornes Kind, eine Jungfrau.

Bekanntlich werden der Wirbelwind als die fahrende
Frau, die fahrende Mutter, Gewitterwolken als die alten
Weiber, Regenmütter, czech. baby, Großmütter bezeichnet.
Wenn der Wind im Korne Wellen schlägt, so zieht die
Kornmutter über das Getreide, oder es ist von einer
ganzen Schaar die Rede "die Kornweiber laufen
durchs Korn". Man warnt die Kinder vor dem Ab-
pflücken der blauen Cyane, die Roggenmutter sitze im
Acker. Statt Kornmutter hört man auch in Deutschland
die Namen Weizenmutter, Gerstenmutter, Flachsmutter,
Kornfrau, Kornweib, Kornmuhme, Erbsenmuhme, Großmutter, die wilde Frau u. s. w., dän. Bykjælling, Rukjælling (Gerstenalte, Roggenalte); in slavischen Land-

3*

schaften sagt man dafür: die Baba (die Großmutter, die Alte) Babajędza, die Žytniamatka (Kornmutter), Žytniababa (Kornalte) sitze im Getreide; in Lithauen ist es die Rugiů-bôba (Roggenalte), vor der gewarnt wird. Die Namen Roggenmutter, Roggenmuhme und Erbsenmuhme haben auch hier meistentheils die Weizenmuhme, Gerstenmuhme in den Hintergrund zurückgedrängt. Der Warnung vor der Kornmutter pflegen einzelne nähere Angaben hinzuge-fügt zu werden, welche ihr Wesen und ihre Gestalt deut-licher erkennen lehren. Sie hat feurige Finger, theerge-füllte oder mit glühenden Eisenspitzen versehene Brüste, wovon sie in der Harzgegend „dat Tittewîf" heißt. Daran läßt sie die verirrten Kinder saugen. Man erinnert sich bei diesen Zügen sofort an die Benennungen Teufelsfinger, Marenzitze, Brustwarze der Laume für den Donnerkeil [55] und daß die Hunde der wilden Jagd, Hakelbergs Kinder, an dessen Frau herumhangen, als wenn sie an ihr sögen. [56] Andererseits sollen die Brüste der Kornmutter so lang sein, daß sie sie über die Achseln schlagen kann, daß sie damit die Kinder um die Ohren schlägt; grade so wird das von dem wilden Jäger gejagte Weib (die Langpatte) geschildert. [57] In den an heißen Sommertagen über den Acker hin walzenden Windtromben erblickt man die Korn-mutter mit ihren Doggen oder sie (die nach anderer Über-lieferung Mutter der Roggenwölfe ist [58]) sitzt selbst in Wolfs-gestalt im Korne, von kleinen Hündchen begleitet, welche die verlaufenen Kinder in ihre eiserne Umarmung führen. Sie reitet durch die Saatfelder auf einem Pferde, oder läuft so rasch wie das schnellste Pferd den Kleinen nach, um sie zu haschen. Sie pustet denselben die Augen aus, wie die alte Frick, Frau Gode, die im Sturm an der Spitze der wilden Jagd daherziehen, dem Belauscher ihres Zuges ein Lichtlein ausblasen. [59] In der Hand trägt sie eine Ruthe, oder eine Peitsche (den Blitzstab), wie die wilde Jägerin Herodias. [60] Vielfach wird berichtet, daß die Kornmutter, die Babajędza, u. s. w., die Kinder in ein eisernes Butterfaſs stecke und darin zerstampfe, woher sie in Pommern auch die Buttermuhme zubenannt ist. Die entsprechende russische Baba Jaga fährt in einem eisernen Mörser mit eiserner Keule.[61] Wer den neueren Arbeiten über vergleichende Mythologie und zumal Kuhn's Verhandlungen über die Herabholung des Feuers mit Verständniſs gefolgt ist[62], weiſs, daſs in diesem Zuge ein Gewittervorgang geschildert wird. Es kann somit kein Zweifel aufkommen, daſs die Kornmutter mit der an der Spitze des wilden Heeres daherreitenden oder vom wilden Jäger gejagten Frau identisch ist. Sie vermag sich überdieſs gleich den schatzhütenden weiſsen Frauen in verschiedene Gestalten zu verwandeln, in eine Schlange, Schildkröte, einen Frosch u. s. w. Nach ihr heiſsen mehrfach die Libelle, der Maikäfer, die Raupe des Bärenspinners, die Wachtel und das Mutterkorn (clavus secalis) Roggenmutter, Roggenmuhme. Wie die Schatzhüterinnen, wird sie meistentheils ganz schwarz oder schneeweiſs von Ansehen geschildert. Ihr Verweilen im Saatfelde ist diesem bald verderblich, bald heilsam. Im Korne auf- und abgehend, sucht die Kornmutter für sich Nahrung, sie friſst das Korn aus, sie reiſst die unreifen Ähren aus dem reifenden Getreideacker, sie pflückt (so beschreibt sie die niederländische Sage bei J. W. Wolf[63]) die über die andern hervorragenden Ähren (die Vorläufer) ab. Zürnt sie dem Bauer, so dörrt sie ihm das ganze Korn- oder Weizenfeld aus. Steht das Korn auf einem Acker schlechter, als auf dem andern, so straft die Kornmutter dadurch den Besitzer. Andererseits macht sie hindurchschreitend die Äcker fruchtbar; wenn die Flachsmutter sich sehen läſst, gibt es ein gutes Flachsjahr. In der letzten Garbe verbirgt sich die Kornmutter. Man schlägt mit Stöcken darauf und ruft einander zu: „da ist sie, nimm dich in Acht, daſs sie dich nicht packt!" Wer in Lithauen den letzten Sensenhieb oder Drischelschlag macht, „tödtet die Kornmutter" und heiſst Roggenweibchentödter. Mitunter stellt die Hausfrau im Volksgebrauch die Kornmutter dar. Die Schnitter suchen sie auf, um sie zu erdrosseln; oder kämmen ihr mit der Kornharke das Haar, wobei (man vgl. die nordische Sif = Jörð) das Getreide als das Haar der Getreidefrau gedacht ist. Die letzte Garbe heißt Kornmutter, Roggenmutter, Großmutter, Erntemutter, Dän. Rukjælling, Bykjælling, Ærtekjælling (Roggenalte, Gerstenalte, Erbsenalte), poln. Baba, Žytniababa, Žytnia matka, pszeniczna matka, grochowa matka (Roggenmutter, Roggenalte, Weizenmutter, Erbsenmutter), vorzüglich jedoch deutsch „d i e A l t e“. Man gibt ihr die Gestalt einer Frau, bekleidet sie häufig mit einem vollständigen weiblichen Anzuge oder bindet eine Magd in das letzte Gebund hinein, welche nun jubelnd zum Hofe des Gutsherrn geführt wird. Statt des Namens Großmutter begegnet mehrfach und aus verschiedenen Gegenden belegt der Ausdruck die große Mutter, einmal die Heimmutter, oft aber die „alte“ oder die „große Hure“ (magna genetrix), woher der Kutscher der letzten Fuhre mit dem höhnenden Titel Hurenführer, Hurenwaibel belegt wird. Beim Herannahen der Kornreife wirft man als Antheil der Kornmutter drei Ähren ins Saatfeld, damit die Ernte gut werde, oder man läßt beim Schneiden etwas Frucht übrig und sagt:

> Wir geben’s der Alten,
> Sie soll es behalten,
> Sie sei uns im nächsten Jahr
> So gut, wie sie es diesmal war.

In Süddeutschland bleibt ein Büschel Halme für die Holzfräulein oder Waldfräulein auf dem Acker stehen. Man flicht sie zu einem Zopfe zusammen, eine Sitte, welche dem russisch-serbischen Gebrauche begegnet, aus den letzten unabgeschnittenen Ähren den Bart des Hergotts, des Elias, des heil. Johannes, des Wolosch zu binden.⁶⁴ Die dabei gebrauchten Sprüche bewähren mit Sicherheit, daß man sich die Holzfräulein als Wesen der

Vegetation überhaupt vorstellte, welche fast mit der Erd-
mutter zusammenfallen:

> Holzfräulein! Ich flechte dir ein Zöpfle
> Auf dein nacktes Köpfle.

Eine Variante bei Panzer drückt aus, daſs durch den
Kornschnitt der heimliche Mutterschoſs der Holzfrau (der
nordischen Îvidja, Skógsfru) profanen Blicken bloſsgestellt
werde, dem das Geflecht aus dem stehenbleibenden Rest
der letzten Halme eine schamhafte Hülle bereite.[65] Die
nach unseren Sagen an das Leben der Bäume gebundenen
Holzfräulein, Lohjungfern und Moosweibchen[66] (die nordische
Skógsfru und Skógsnufva[67]), welche vom wilden Jäger gejagt werden, wenn der Herbststurm den Wald entblättert,
oder auch gleich Frau Gode und Frikk daherfahren und
sich den Wagen verkeilen lassen, ergeben sich nun klär-
lich als den Kornweibern identisch und ihr Name ist nur
wenig kühner auf das Kornwachsthum angewandt, als z. B.
der des Erbsenbären auf das Roggenfeld. Zugleich erhellt
die Einheit der Buschgroſsmutter[68], der wilden Frau u. s. w.
mit der Roggenmuhme.

Ebenso deutlich springt bei dem männlichen Korndämon der Zusammenhang mit den Wettererscheinungen
in die Augen. Von Gewitterwolken sagt man in Schlesien
„'s staija monne ûf". Zieht ein Wetter während der
Erntearbeit auf, ruft man im Aargau: „macht schnell, der
schwarze Mann kommt!" Vor dem schwarzen Mann oder
Kornmann im Getreide warnt man die Kinder vieler Orten.
Statt des einen Kornmannes wird wiederum auch eine
ganze Sippschaft Kornmänner genannt; man warnt vor
dem wilden Mann im Saatfeld, der mit eisernem
Knüttel werfe, vor den zwerghaft gedachten Getreide-
männchen. Aber auch Grummetkerl nach dem zur
letzten Maht kommenden Futterkraute, Kleemännchen und
Grasteufel ist der Dämon geheiſsen, zum Beweis, daſs

nicht die Culturfrucht allein, sondern auch die gesammte Vegetation die Stätte seiner Wirksamkeit ist. In Polen heifst es, der Alte (Stary) sitze in dem blühenden Getreidefelde. Wenn man in Westfalen die Kinder selbst vom Roggenacker mit der Rede fortschreckt, der Hafermann hause darin mit grofsem schwarzen Hute und einem gewaltigen Stocke, und führe die Begegnenden durch die Luft hinweg, umwandle auf dem Erntefelde die Kornhaufen, verlocke und necke den Wanderer, so gleicht das theils den Sagen vom wilden Jäger, der im Sturme Menschen meilenweit mit sich fortträgt, theils den Überlieferungen von den Dorfgespenstern. Hat der Wind das Getreide an einer Stelle nach allen vier Seiten gelagert, so weist man darauf hin mit den Worten „da hat der Alte gesessen." Bei der Ernte wird die letzte Garbe je nach der Fruchtart Roggenmann, Weizenmann, Gerstenmann, Hafermann genannt, oder der Erntemann, Schewekerl, Grofsvater, poln. Dziad, czech. Dĕdek (Grofsvater), deutsch der alte Mann, de grîse mann, dän. den gamle mand, oder deutsch der Alte, dän. den Gamle, poln. stary schlechthin. Man unterscheidet wieder den Weizenalten, den Gerstenalten u. s. w. Die Schnitter rufen einander zu: Wir wollen den Alten greifen! Pafst auf, da sitzt der Alte drin. Nun wollen wir den Alten herausjagen! Gebt Acht, dafs der Alte nicht entwischt. Das Mähen der letzten Halme heifst „den Alten haschen". Wer das letzte Korn schneidet oder bindet, dem ruft man zu:

> Du hast den Alten
> Und mufst ihn behalten;

ich verstehe das: den Winter über ernähren. Es wird eine Puppe in Mannsgestalt aus der letzten Garbe verfertigt, man bekleidet sie häufig mit Hose, Rock, Weste und altem Hut. Indem man diese Figur in feierlichem Aufzuge dem Gutsherrn vor das Haus führt, spricht man:

Ich bringe Ihnen den lieben Alten;
Er will sich nicht länger im Feld aufhalten,
Auf allen Vieren
Will er erfrieren.
Ich hab' mich in Kurzem bedacht
Und hab' ihn der Herrschaft mitgebracht.

oder beim Einfahren der letzten Kartoffel:

Wir kommen hier mit dem Erdäpfelmann,
Der sich im Feld nicht ernähren kann.
Es ist so kalt und ist so nafs,
Er will haben Speck und Pfannkuchen satt.

In Norwegen redet man vom Skurekajl (= dänisch Skjærekarl), d. i. Schnittermann, einem Geiste, der unsichtbar im Acker haust und dort das ganze Jahr von des Bauern Korn speist. In der letzten Garbe wird er gefangen und eine Puppe in menschlicher Gestalt verfertigt, die seinen Namen trägt. Unter allen Benennungen des Korndämons ist in Deutschland am verbreitetsten der Alte, entweder in dem Sinne ehrwürdiger Schmeichelrede gleich Grofsvater, Väterchen, oder als sinnbildliche Bezeichnung des im Zustand der Reife absterbenden Getreides. Beide Auffassungen scheinen im Volksglauben vorhanden gewesen zu sein. Gleichwohl galt der Alte auch als Wesen der Fruchtbarkeit in so hervorragendem Sinne, dafs sein aus Ähren geflochtenes Bild vielfach und in verschiedenen Gegenden mit einem stark hervorgehobenen Phallus ausgerüstet wird. Zur Verfertigung der Figur wird an manchen Orten vorzugsweise eine kurz vor der Hochzeit stehende Braut ausersehen, und der Binderin des Alten prophezeit man, sie heirathe im nächsten Jahr, zuweilen freilich mit dem Zusatze, sie bekomme einen alten Mann.

Vom Felde wird der Alte feierlich heimgetragen oder hereingefahren, man führt oder kullert (wälzt) ihn dreimal um die Scheune. Auf dem Hofe wird er niedergesetzt, die Arbeiter schliefsen einen Ring um ihn und umtanzen ihn zu dreien Malen. Dann wird die komisch bekleidete Puppe mit an den Tisch zur Festmahlzeit (Altenköst) genommen, man setzt ihr Speise und Trank vor und ladet sie ein, davon zu geniefsen. Ist das Mahl vorüber, so eröffnet die letzte Binderin auf der Dreschdiele mit dem Strohmann den ersten Tanz, dreimal rundum, dann walzt jede der übrigen Arbeiterinnen einmal mit ihm, und nun wird er in die Ecke gestellt zum Zuschauen. Später erhält er in der Scheune oder in der Vordiele des Herrenhauses einen Ehrenplatz, wo er oft bis zur nächsten Ernte verbleibt. In einer Anrede der Überbringer an einen Gutsherrn, bei dem er an einem Nagel der Hausflur aufgehängt wurde, heifst es:

> Nehmen Sie den Alten wohl in Acht,
> Er wird Sie behüten Tag und Nacht.

Auch beim Dreschen wird im letzten Korne der Alte gehascht. Wer den letzten Schlag thut, heifst der Alte, wird in Stroh gewickelt oder mufs einen ihm auf den Rücken gebundenen Strohmann zum Nachbar tragen. Zuweilen legt sich ein Knecht unter die letzte Lage Korn, und man schlägt mit dem Flegel auf ihn los, man sagt auch, der Alte werde todtgeschlagen, in Norwegen der Dreschmann (Slökajl) werde zu Boden geschlagen.

An manchen Orten kniet man vor der letzten Garbe nieder mit dem Ausruf: „der Alte! der Alte!" Man küfst die Kornfigur wie katholische Christen und verschiedene heidnische Völker Heilige und Götterbilder. In Baiern heifst das Erntemahl beim Einbringen des Alten Niederfall. Alle diese Züge deuten auf einen wirklichen Cultus zurück, den unser ältestes Zeugnifs für den Alten in der That bestätigt. Im Jahre 1249 nämlich mufsten die unmittelbar nach ihrer ersten zwangsweisen Bekehrung zum

Christenthum wieder abgefallenen Bewohner der preuſsi-
schen Landschaften Pomesanien, Ermeland und Natangen
im Friedensschlusse mit dem deutschen Orden in die
Hände des päbstlichen Legaten Jacob von Lüttich geloben:
Ydolo quod semel in anno collectis frugibus consue-
verunt confingere et pro deo colere, cui nomen Curche
imposuerunt, vel aliis diis qui non fecerunt celum et terram
quibuscunque nominibus appellentur, de cetero non libabunt.
Sed in fide domini Jhesu Christi et ecclesie catholice ac
obedientia et subjectione Romane ecclesie firmi et stabiles
permanebunt.[69]
    Nach Bielensteins auf sprachgeschichtlichem Wege
unabhängig von meinen Untersuchungen gewonnener,
wenngleich durch mich angeregter Entdeckung, bedeutet
Curche den Alten (lett. is-kurkt schwammig werden,
alt werden von Rüben, lith. karsze das Alter, karszti alt
werden).[70] In der That gewährt die Friedensurkunde das
einzige echte Zeugniſs für den altpreuſsischen Curche und
alle weiteren Angaben über ihn bei älteren und neueren
Geschichtschreibern ergeben sich bei quellengeschichtlicher
Untersuchung als schamlose Chronistenlügen oder leicht-
sinnige Combinationen.
    Der Name des Alten wird wie die polnische Baba
auf die letzte Arbeit in irgend einer Thätigkeit übertragen, so daſs z. B. auf einer unserer Unversitäten derjenige, welcher im Examen nach Dingen gefragt wird, die
er erst am letzten Abende eingepaukt hat, sich die
Neckerei gefallen lassen muſs, er habe den Alten gefangen.
Ja auf den Holzfeldern und Schiffswerften ist vom Erntefelde der Name der Baba und des Alten übergegangen
auf die Sitte, die letzte Holzbohle küssend oder mit Verfertigung einer Puppe zu verehren.
    Vereinzelt, doch in weiter Verbreitung durch Eng-
land, Dänemark, Deutschland bis zu den Südslaven treten
die Namen, König, Königin, Haferkönig, Haferkönigin,
Kong, Harvestqueen, Knäs u. s. w. für den Alten und die

Alte ein. Man wird darunter das Oberhaupt der Korn-
leute zu verstehen haben nach Art der Buschgrofsmutter,
die als Königin an der Spitze der Waldleute steht.

Neben dem Kornmanne und der Kornmutter taucht
ein Kornkind in den Acker- und Feldgebräuchen auf. Die
Halmfrucht wird nämlich als ein Kind gedacht, das dem
Schofse der Erde entsteigt und im Kornschnitt von der
Mutter gelöst wird. Deutlich erhellt diese Anschauung aus
dem polnischen Brauch, dem letzten Schnitter zuzurufen:
„Du hast den Nabel (pępek) abgeschnitten". In mehreren
Kreisen Westpreufsens wird die aus der letzten Garbe verfertigte Menschengestalt Bąkart (uneheliches Kind) genannt
und ein Knabe hineingebunden, oder ein grofser Kerl
hinter der Puppe versteckt. Der letzten Binderin, welche
die Žytniamatka (Kornmutter) darstellt, rufen die übrigen
zu, sie werde niederkommen; sie schreit und weint wie in
Geburtschmerzen, ein altes Weib als Grofsmutter spielt
die Hebamme; endlich ruft man, das Kind sei zur Welt,
der eingebundene Knabe oder der hinten versteckte Mann
wimmert nach Säuglingsart. Die Grofsmutter wickelt einen
Sack als Windel um den Bankert, und jubelnd fährt man
das Kind, das draufsen nicht frieren dürfe, in die Scheune.
Im südlichen Schleswig wird beim letzten Rappsaatdreschen
das mit dem Namen Hôrputtel begabte, menschenähnlich
mit Kopf und Armen gebildete letzte Gebund feierlich
unter Zuziehung von Pathen getauft. Auch sonst heifst
in Norddeutschland die letzte Garbe, ein ungebunden ver-
gessener Schwaden, oder die daraus verfertigte Puppe das
Kind, Hôrkind, Hurenbalg, Reppekindchen, der dicke
Junge, Erntekind, in England Kirnbaby (Kornkind).
Wer während der Erntezeit an Händen oder Füfsen Geschwulst bekommt, der „hat (in Holstein) das Erntekind", er ist unversehens auf das unsichtbar im Saatfelde
weilende dämonische Kind gestofsen und für die Berührung
mit Krankheit der berührenden Glieder gestraft. Der
letzten Binderin ruft man zu: „Du kriegst das Kind",

oder „Du kriegst die Wiege", dem Knecht, der ein
Fuder umwirft: „Du hast Kindtaufen gegeben", d. h.
ihm ist das Kornkind vom Wagen gesprungen, und er
muſs nun mit der nächsten Fuhre eine schnell verfertigte
Menschenfigur mitnehmen. Bleibt eine Garbe ungebunden
liegen, so ist „das Wiegenstroh liegen geblieben", gerieth
der letzte Schwaden zu klein, so fährt „die Schnitterin mit
der Kinderwiege", sie muſs ihn sich von der nächsten Arbeiterin ergänzen lassen. Vervollständigend tritt der
Glaube ein, daſs die Binderin der letzten Garbe im nächsten Jahre ein Kind bekommen werde. Schweizerische
Sagen erzählen, daſs im Frühling in blühenden Kleefeldern,
unter grünenden Büschen, zwischen der sprossenden Korn-
frucht ein engelschönes feinlockiges Kind auf schneeweiſsen
Windeln liegend gefunden werde. Will man es aufheben,
so wird es schwer und schwerer und verschwindet. Wer
es erblickt, muſs sterben, aber seine Erscheinung verkün-
det einen äuſserst fruchtbaren und gesegneten Jahrgang[71].
Es ist nicht ersichtlich, ob A. v. Flügi, der eine dieser
Sagen poetisch bearbeitet hat, den Namen Kornkind
der Überlieferung entnahm[72], aber der Sache nach sind
dieses im Frühling erscheinende Kind und das Erntekind
unzweifelhaft eins. Wer gewahrte nun nicht, daſs mit
dieser Entdeckung auch der Ursprung der Sage von Sceáf
(Korngarbe) gefunden ist, der im Boote als neugebornes
Kind auf einer Garbe liegend über das Meer kam,
von den Angeln freudig aufgenommen und zum Könige
erwählt ward.[73] Wir lernen diese Überlieferung jetzt verstehen als eine Schilderung des über das Meer her, d. h.
aus weiter Ferne geschehenen Frühlingseinzuges des Ge-
treidekindes. Schon Müllenhoff[74] hat richtig erkannt, daſs
die Sage an Sceáf den Anfang des Ackerbaues und ge-
ordneter staatlicher Zustände knüpfte, weshalb sie ihn zum
ersten König machte. und als seine nächsten Nachkommen
Sceldwa (Schildhalter, d. h. König) und Beáva (oder Beóva)
d. i. Ackerbauer oder Ernter nannte.

Das göttliche Jahreskind vertauscht im Volksgebrauch
die Säuglingsgestalt zuweilen mit der vorgeschritteneren
Bildnng puerilen oder soeben zur Mannbarkeit erblühen-
den Jugendalters, nimmt dann aber weibliches Geschlecht
an. Im Saatfelde weilt die Kornmaid, die Getreidemagd;
die letzte Garbe heifst Kornjungfer, Magd, in Schottland
maiden, autumnalis nymphula. Eine deutsche Form für
diese Vorstellung ist auch der Kornengel, vor dem man
die Kornblumen pflückenden Kinder warnt, und nach
welchem die letzte Garbe genannt wird. Die Sage vom
stillen Kinde bei Erfurt schildert dieses Wesen, ohne es
zu benennen, als ein etwa zehnjähriges Mädchen, welches
mitten durch die Wiesen und Getreidefelder wandelnd mit
einem braunrothen Stabe die Ähren und Blumen ab-
schlägt; wer es antastet, verfällt in Wahnsinn."[b] Ein noch
reiferes Alter bezeugen die Namen Braut, Haferbraut,
Weizenbraut für die letzte Garbe und die letzte Binderin.
Zugleich machen sie den Übergang zu solchen Gebräuchen,
in welchen Kornmann und Kornmutter als die zeugenden Mächte der Vegetation paarweise dargestellt werden.
Im Vorharz tanzen Hafermann und Haferfrau in Stroh
gehüllt beim Erntefeste, im südlichen Theile von Sachsen
Haferbraut und Haferbräutigam; man zupft ihnen
die Kornhülle vom Leibe, bis sie so kahl dastehen wie
das geschorene Stoppelfeld. In Schlesien wird die Binderin der letzten Garbe als Weizenbraut oder Haferbraut, die Erntekrone (den Wêfskranz) auf dem Haupte
tragend an der Seite eines Bräutigams, von Brautjungfern
begleitet, in vollständiger Nachahmung eines Hochzeit-
zuges feierlich zum Hofe eingeholt. · Eine Abart ist das
Haberfân (Haberfahren) um Neisse, wobei auf einem Karren
oder Eggenschlitten der Haferkönig und die Haferkönigin,
ein abenteuerlich ausgeputztes Brautpaar, von Ochsen ins
Dorf gezogen wird. Auch sonst treten in den Erntegebräuchen Mann und Frau als mythische Figuren zusammen auf;
in England heifsen sie Jack and Gill (Hans und Grete).

Halten wir diese Thatsachen mit den bei den theriomorphischen Korndämonen gemachten Wahrnehmungen zusammen, so können wir uns schwerlich der Folgerung entziehen, daſs, wenn zur Pfingstzeit im Walde das Brautpaar gesucht, der wilde Mann und die wilde Frau aus dem Busch gejagt, im Mai der Lattichkönig, der Maigraf in grünes Laub gehüllt eingeholt wurde, wenn Bursche in Weiberkleidern unter dem Namen Huren ins sprossende Saatfeld laufen, 'in diesen Sitten. dieselben Dämonen der Vegetation gemeint sind, welche auf den Anbau der Culturfrüchte bezogen als Kornmann, Kornmutter, wilder Mann, Haferbraut, Haferbräutigam, Haferkönig, Tittewîf, groſse Hure u. s. w. uns entgegentreten.

Ich will nicht ausführen, daſs auch unter den Dorfgespenstern ein schwarzer Mann dem Wanderer aufhockt, daſs die goldenen Wiegen, welche in die Tiefe versunken sind, die Weizenkörner und Flachsknotten, welche die in den Berg verzauberte Schatzhüterin zu sonnen pflegt, sowie manche andere Züge die Annahme eines Zusammenhanges der Hortsagen mit dem Mythus von der im Winter in die Erdtiefe versunkenen Vegetation zu bestärken scheinen. Ich wende mich zu der Bemerkung, daſs die für den ersten Augenblick auffällige Thatsache der Identität unserer Korndämonen mit den Wind- und Wettergeistern auch dadurch bestätigt wird, daſs man gradezu der fährenden Mutter, den Schauerjungfrauen (Hageljungfrauen) eine Garbe als Abfindung auf dem Felde stehen läſst. Und Frau Gode, Wodan, Odin, für welche Wiesenheu und die letzte Halmfrucht auf dem Acker bleibt, sind wieder dieselben Windwesen, nur um ein Weniges fortgeschritten in der Entwickelung zu frei waltender menschlicher Persönlichkeit. Im Winde fährt das wilde Heer durchs Getreide und macht die Saaten fruchtbar; man warnt vor Fru Gôd, die im Korne sitze, die letzte Garbe heiſt Erntewôd. Der Antheil der Frau Gode (Vergôdendêl) und die Aufforderung „Fru Gaue halet ju Fôder" sind

wörtlich und persönlich zu nehmen, wie man auch für
Frau Holle drei Ähren stehen läſst, damit sie nicht aus
der Scheuer fresse. Doch trägt das Antlitz Wodans in
den Erntegebräuchen schon mehrfach Züge höherer Gött-
lichkeit, welche die Vermittelung bilden zu seiner hehren
Gestalt in der Edda, und wenn im galizischen Volksglauben der alte Groſsvater (stary Dziad) im Korne sitzt mit
drei langbärtigen Häuptern und drei feurigen Lanzen, so
gewahrt man einen eigenthümlich slavischen Ansatz zu
jenem vierköpfigen Swantewit, dem im zwölften Jahrhundert auf Rügen beim Erntefeste das Horn mit weiszagen-
dem Getränk gefüllt wurde.

Ich muſs hier schlieſsen, um nicht Ihre langgeprüfte
Geduld auf eine allzu harte Probe zu setzen. Sonst hätte
ich noch unumgänglich eine gröſsere Reihe anderer Korndämonen besprechen müssen, welche auſser den genannten
in den Gebräuchen zum Vorschein kommen. Es sind
theils Seelen Verstorbener als koboldartige, zugleich in
Wind und Wetter waltende Hausgeister gedacht, Weizen-,
Gersten-, Schotenpopel, Bubu, Bumann, Butzemann, Haferbutz u. s. w., welche sich an mehrfache Gebräuche und
Anschauungen benachbarter Völker von unmittelbarer
Wirksamkeit der Verstorbenen im Kornwachsthum an-
reihen. Ihnen entsprechen wieder Frühlingsgeister, so dem
Haferbutz ein Pfingstbutz u. s. w. Andererseits finden
wir mythische Gestalten, den Göttern der römischen In-
digitamenta Messor, Dea Messia, Dea Terensis, Convector,
Conditor ähnlich, als: der heilige Mäher, die Schnitterin,
nfr. Rogslader (Drescher), Kornschaufel, Kornsack, Korn-
klötzel (d. i. Korntonne). Sie gehen schon im Frühjahr
vorspukend im Getreide um, und geschmückte, sie darstellende Personen werden beim Erntefeste umgeführt;
hieran schlieſst sich die Sitte, aus dem Korn der letzten
Garbe symbolisch entweder den Schlüssel zu formen, der
die Scheune zuschlieſst, oder eine Kornscheune selbst aus
Halmen nachzubilden, über welche die Schnitter springen.

In die Vorzeit zurücksteigend, vermochte ich für die Korndämonen mehrere sichere Zeugnisse aufzufinden, die in das zwölfte und dreizehnte, zum Theil in das zehnte und noch frühere Jahrhunderte zurückreichen. Weit älter jedoch sind die überraschenden Übereinstimmungen, welche griechische und italische Gebräuche und Sagen ungesucht gewähren. Wenn Homer und Hesiod von Demeter bezeugen, daß sie auf dem dreimal gepflügten Ackerfelde den Jasion umarmte und den Plutos (den Getreidesegen) gebar, wer wollte das Kornkind verkennen?[76] Die Vorstellung von diesem wiederholt sich, wenn nach ältester durch den Cultus bewährter Stammsage Attikas Erichthonios (der aus gutem Boden Entsprossene) vom Blitzgotte Hephaistos gezeugt aus dem fruchttragenden Ackerfelde ζείδωρος ἄρουρα emporsteigt als ein neugeborenes Knäblein, das in einer verschlossenen Kiste von den Schwestern Herse (Thau), Pandrosos (Allthau) und Aglauros (die Heitere) gehütet und genährt wird. Als eines der Mädchen die Kiste öffnet und den Dämon erblickt, wird sie wahnsinnig, gleich dem Beschauer des Kornengels, und wie die Berührung des Erntekindes mit Geschwulst bestraft wird. Und wie dem Sceáf ein Beáva (der Ackerbauer) entsproßt, wird dem Erichthonios als Vorgänger oder nächster Nachfolger Kekrops (der Schnitter) zugesellt.[77] Wird man anstehen können, nach diesen Analogien in der deutschen Kornjungfer, Kornmaid, der Weizenbraut, engl. maiden die deutsche Schwester des griechischen Demeterkindes, der Kalligeneia in den Thesmophorien, der Kore in den Eleusinien zu sehen, deren κάθοδος im Herbste, deren ἄνοδος im Lenz begangen wurde, und deren Raub durch Aïdoneus sich der Jagd des seelenführenden Wodan auf die Holzfräulein, des Odin auf die schwedischen Waldfrauen im baumentblätternden Herbste zur Seite stellt? Gleicht doch Demeter selbst — nach Ahrens Auseinandersetzung die himmlische Mutter[78] — in vielen Zügen, deren Nachweis ich bei diesen flüchtigen Fingerzeigen nicht einmal andeutend unternehmen

darf, unserer Kornmutter. Wichtig sind besonders die Übereinstimmungen der Demeterkulte mit dem deutschen Volksgebrauch in vielen Einzelheiten; aus altem agrarischem
Ernte- und Frühlingsgebrauch sind bei ersteren viele Reste
in dem fortgeschritteneren, von ethischen Ideen bewegten
Gottesdienste stehen geblieben. Wie bei uns in der letzten
Garbe der Mutterschofs des Korndämons aufgefunden
wird, trugen Weiber in den Thesmophorienkulten die
Nachbildung eines solchen umher. Wenn im Demeter-
dienst die Festfeiernden sowohl einander schmähten, als
die Vorübergehenden mit derben Redensarten erotischen
Inhalts neckten, so finden sich beide Sitten bei uns mit
der Erntezeit und mit der Einbringung sowohl des theriomorphischen, als des anthropomorphischen Getreidedämons
verbunden. In Deutschland wird der Pflüger bei erst-
maliger Ausfahrt, die heimgeführte Erntepuppe beim Eintritt in den Hof mit Wasser überschüttet, um Regen auf
die Saat im heurigen und nächsten Sommer herabzulocken;
in Eleusis gofs man zwei Plemochoen voll Wasser aus
gen Himmel und gen Abend zum Sitze der chthonischen
Götter gewendet unter dem Ausruf: „regne!" und „bringe
hervor!"[79] Lityerses hiefs bei den Phrygern ein Schnitter-
lied.[80] Nun erzählt ein Fragment des aus Troas gebürtigen
Tragikers Sositheos von einem angeblichen Bastarde des
Midas, dem Lityerses, der an dem Ufer des Mäander den
sommmerlangen Tag Weizen schnitt und echten Drescher-
appetit bewährte. Kam ein Fremdling vorüber, so lud er
ihn erst zur Theilnahme am Mahle ein, dann wieder ans
Mähen des mannshohen Getreides gehend, ergriff er plötzlich
den Gast, band ihn in eine Garbe und schnitt ihm den Kopf ab.

Τὸν ἀνδρομήκη πυρὸν ἠκονημένη
ἅρπῃ θερίζει· τὸν ξένον δὲ δράγματι
αὐτῷ κυλίσας, κρατὸς ὀρφανὸν φέρει.[81]

Mehrere deutsche und schwedische Gebräuche machen
wahrscheinlich, dafs man Unbekannte, welche zufällig an
einem Erntefelde vorübergingen, für eine Erscheinung des

vor den Sicheln entweichenden Korngeistes, z. B. des
Haferbocks, ansah; nach Ausweis alt-ägyptischer Wand-
gemälde schnitt man im Orient das Korn hart unter den
Ähren ab.[82] So rechtfertigt sich die Vermuthung, daß das
Lityerseslied die Erinnerung an einen uralten barbarischen
Brauch bewahrte, Fremde, die ohnehin vogelfrei waren,
als Repräsentanten eines im Korne hausenden Dämons mit
diesem zu enthaupten. In Griechenland rückt die trözenische Sitte der Lithobolien zur Erinnerung an die ge-
steinigten cerealischen Dämonen Damia und Auxesia an
die Steinigung des Getreidehahns in deutscher Sitte.[83]

Ähnliche Beispiele liefsen sich häufen. Auch unser
Haferkönig findet nur auf einem anderen Vegetationsge-
biet ein Analogon. Ein Curiositätensammler des Alter-
thums, Isigonos aus Nicäa, weifs von einem lydischen See
zu berichten, der den Nymphen heilig war. Er trug
Rohrstengel die Fülle; einen aber größer als alle nannten
die Umwohner den König. Und Jahr für Jahr begingen
sie ein Fest und Opfer, um den König geneigt zu machen.
Sobald der Klang der Musik am Ufer erscholl, tanzten die
Rohrhalme, und der König mit ihnen tanzend bewegte
sich dem Ufer zu. Die Einwohner aber schmückten ihn
mit Tänien und flehten, im nächsten Jahre möchten sie
selbst und er wieder da sein zur Vorbedeutung ge-
segneter Ernte.[84] Vielleicht wäre es nicht allzukühn,
selbst eine unserem Alten ähnliche Figur wiederzufinden,
wenn aus der vorwiegend aus agrarischen Mythen zusam-
mengeflickten Urgeschichte Attikas berichtet wird, zur
Stillung einer Hungersnoth seien des Hyakinthos
Töchter Antheis (die Blüthenmaid) und Aigleis (die
Strahlende) auf dem Grabhügel des Kyklopen
Geraistos (archaist. Superl. zu γέρων, γεραιός) getödtet
worden.[85] Denn Hyakinthos ist anerkanntermafsen eine Per-
sonifikation der im Hochsommer absterbenden Vegetation.[86]
Die Nahrungslosigkeit, welche mit dem Aufzehren der
alten Vorräthe eintritt, hört auf, sobald das Getreide ge-

schnitten, nach dem Tode des Alten auch die letzte
Blume verwelkt ist. Doch diese Hypothese bei Seite gestellt bis auf weitere Untersuchung, erhält nicht das Wesen
der bockgestaltigen Satyrn, Pane und italischen Faune,
die in Wiese, Wald und Äckern (Fauni dicti ab eo quod
frugibus faveant[87]) ihr Spiel treiben, durch unsere thierge-
staltigen Korndämonen einen neuen und ungeahnten Auf-
schluſs? Da durch sie das Vorhandensein theriomor-
phischer Geister der Vegetation im gräko-italischen Mythos
im höchsten Grade wahrscheinlich wird, dürfen weitere
Spuren derselben ins Gewicht fallen. Nach Lobecks ein-
leuchtender Emendation einer Notiz des Pausanias[88] wurden
in den Thesmophorien zu Potniä bei der Feier des herbst-
lichen Niedergangs (κάθοδος) der Kore in die unterirdi-
schen Höhlen (μέγαρα), welche den Schlund nachbildeten,
durch den das Demeterkind in die Tiefe fuhr, neuge-
borene Ferkel hinabgelassen, von denen man meinte, sie
kämen im nächsten Jahre wieder zum Vorschein. Man
prüfe, ob diese Schweinchen etwas anderes seien, als die
mit der Wintersaat in den Schoſs der Erde verborgenen,
mit der sprossenden Saat wieder ans Licht steigenden
Getreidedämonen (Kornsäue) des neuen Jahres.

Ich will nicht an die italische ambarvalis hostia, an
den Ausdruck porca für Ackerbeet eine vielleicht unbe-
weisbare Conjectur knüpfen, in Oberitalien vermag ich
die Roggensau nachzuweisen, der Drescher der letzten
Garbe heiſst purzita (= porcella). Wenn aber Pausanias
vom Dienste der Demeter Chthonia in Hermione erfuhr,
daſs alte Frauen zur Erntezeit im Tempelraum Kühe auf
einen Streich mit einer Kornsichel tödteten[89], so ver-
gleicht sich das aufs nächste der pikardischen Sitte:
de jetter au pourcel d'une faucille, woneben schon im Jahre
1382 der Brauch jetter à un bœuf nachweisbar ist[90], und
dem englischen Erntebrauch in Herefordshire mit den Sicheln
nach dem letzten Gebunde zu werfen und zu rufen: „Ich
habe sie, ich habe sie, ich habe die Hexe (mare).[91]

Anmerkungen.

1) S. z. B. Mannhardt, Roggenwolf und Roggenhund. Aufl. 2. S. 29. Correspondenzblatt des Gesammtvereins d. D. Geschichts- und Alterthumsvereine. 1865. S. 87.

2) Roggenwolf, S. 43.

3) Du Cange, gloss. med. aev. ed. Henschel. s. v. pourchetus.

4) Raumer, Geschichte der Hohenstaufen. VI. 590.

5) Liv. I. 54. Herod. V. 92.

6) Frischbier, Preufs. Sprichwörter. Aufl. 2. No. 1508.

7) Panzer, Beitrag z. Deutsch. Mythol. II. S. 222; Birlinger, Volksthüml. a. Schwaben II. 425, 379.

8) G. O. Hyltén-Cavallius, Wärend och Wirdarne. Stockholm 1864. S. 240 ff. Hiemit vgl. man die Überlieferungen von der deutschen Roggensau (Roggenwolf S. 1. 2.).

9) Vgl. Weinhold, Weihnachtspiele und Lieder. S. 10 mit Schönwerth, a. d. Oberpfalz. I. S. 402.

10) Kuhn und Schwartz, Norddeutsche Sagen. S. 403. G. 125. Weinhold, a. a. O. 6.

11) Handelmann, Weihnachten in Schleswig-Holstein. S. 72.

12) Kuhn und Schwartz, a. a. O. S. 403. G. 126. Vgl. die Siebenbirg. Adventskräm, auch Adventsâ, Krästschweinj, eiserä schwainj (= iserne Range oben S. 11) güldä schweinj, Gotts'borich genannt. Schuster Wodan. S. 22.

13) Schambach-Müller, Niedersächs. Sagen. S. 158. No. 172. 173.

14) Wurzbach, Sprichwörter der Polen. S. 148. 150.

15) Jahrbücher für Landeskunde der Herzogthümer Schleswig-Holstein und Lauenburg. B. III. S. 168. Vgl. Zacher, Genovefa. S. 52.

16) Anzeiger für Kunde der D. Vorzeit. 1862. S. 326. Schmeller, bair. Wb. I. 152.

17) Schlesien. Vgl. Birlinger, Volksthüml. a. Schwaben. II. 93, 122. Aprillenkalb, Aprillenbock. Im Saulgan sagt man:

Aprillenkalb mit deinen sieben Stanga

's Jahr will de wieder fanga.

18) Kuhn, Westfäl. Sag. II. S. 160 ff. Myth.[2] 736. Vgl. Birlinger,

Volksthüml. a. Schwaben. II. 121, 146. die Mooskuh, und der Böycherl-
bär Schönwerth, a. d. Oberpfalz II. 351. *

19) Myth.[2] 724. Kuhn und Schwartz, a. a. O. 390. G. 78 a.
Schütze, Holst. Idiot. III. 163—167.

20) Myth.[2] 748. Kuhn und Schwartz, a. a. O. 388. G. 72. Kuhn,
Westf. Sag. II. 160. Uhland, Schriften zur Geschichte der Dichtung und
Sage. III. 30. 46.

21) Panzer, Beitr. z. D. Myth. I. 231. II. 81 ff. Schmeller, Bair.
Wb. I. 320. IV. 172. Myth.[2] 562.

22) Zs. f. d. Myth. I. 139.

23) Panzer, a. a. O. II. 233. E. Meier, D. Sagen und Gebr. aus
Schwaben. 439 ff. 445. Birlinger, a. a. O. II. 426. 428.

24) S. Roggenwolf, S. 1 ff.

25) Stöber, Sagen des Elsasses S. 15. 31. 86. 114. 124. 225. 228.
Stöber, Neujahrsstollen 1850. S. 34 ff. Schmitz, Eifler Sagen. II. 36.
Rochholz, Naturmythen. S. 74 ff. Rochholz, Schweizersagen a. d. Aargau,
a. a. O. I. u. II. Schambach und Müller, a. a. O. 196 ff. Baader, Volkss.
aus Baden I. S. 229. 275. Zingerle, Sagen, Märchen und Gebr. aus Tirol.
S. 119. Niederhöffer, Mecklenburgs Volkss. II. 225. 114. IV. 28.

26) Schambach und Müller, a. a. O. S. 193 ff. Kuhn, Westf. Sag. I.
S. 142 ff. Rochholz, Naturmythen. S. 85 ff. Rochholz, Schweizersagen
II. 36 ff.

27) Grundtvig, G. Danske minder. II. 253 ff. , Hyltén-Cavallius,
a. a. O. 341 ff. Die Kirkevarsel und Kyrkogrime sind andererseits nicht
zu trennen von den unter Gebäuden eingemauerten Menschen, Kindern
u. s. w. (Myth.[2] 1095. Panzer, a. a. O. II. 254. 559), ein Gebrauch von
weiter Verbreitung, welchen Bastian (Völker des östl. Asiens II. 91) nun
auch aus Birma nachgewiesen hat. Einer späteren ausführlicheren Darlegung, welche das Verhältnifs der Korndämonen zu den Seelen und Haus-
geistern zu besprechen haben wird, mufs die Erwägung dieser verwandt-
schaftlichen Reihen vorbehalten bleiben.

28) Hyltén-Cavallius, a. a. O. S. 240.

29) Pröhle, Harzsagen 136.

30) Rochholz, Schweizersagen a. d. Aargau. I. 105. No. 95.

31) Rochholz, Sagen des Aargaus. I. 99. No. 86. Vgl. Meier, Sagen
a. Schwaben. S. 98. No. 110.

32) Törner bei Hyltén-Cavallius. a. a. O. S. VII. Auf dem Gute des
Herrn Hyltén-Cavallius Stora Mälen in Småland war ich im September
dieses Jahres Zeuge des oben beschriebenen Ernteopfers für die Gloso.
Auf Befragen erklärten die Leute, die Gloso und Gräfso seien verschiedene Wesen: letztere sei ein Kyrkogrim, d. h. der als Hüter der Kirche
wachsame Geist eines beim Bau dort vergrabenen Thieres. Nach dem
Volksglauben in Schonen ist die Gräfso die Seele eines ermordeten

Kindes welches im Grabe nach fünfzig Jahren zuerst auf einer Seite, nach abermals fünfzig Jahren auch auf der andern Seite in Schweinsgestalt sich wandelt. Sie wohnt in Erdhöhlen und streift Nachts auf Wegen und Stegen umher, läuft den Menschen zwischen die Beine und spaltet sie mit ihrem scharfem Rücken. S. Nicolovius, Folkelifvet i Skytts härad i Skåne. Lund 1847. S. 183. Übrigens heifst der gemeine Dachs, meles taxus, in Södermannland und auch wohl in weiterer Verbreitung gräfsvin (s. Ekström, Beskrifning öfver Mörkö Socken. S. 16). Hiezu stimmt, dafs Dachse die Schweine der Frau Harke und des Fräuleins im Kyffhäuser sind (Kuhn, Nordd. Sag. S. 111. No. 126, 4. Pröhle, Deutsche Sagen. S. 261. No. 204.).

33) Grundtvig, G. Danske minder. II. 89. Vgl. 232.

34) S. z. B. Schatzhüter Hund, Drache Myth.² 929. Schwein Amélie Bosquet, la Normandie romanesque et merveilleuse. S. 154. Schambach und Müller, Niedersächsische Sagen. S. 111. Müller, Siebenb. Sag. 66. Vernaleken, Mythen und Bräuche des Volkes in Oestreich. S. 135. Müllenhoff, Schleswig-Holst. Sagen. S. 204. Ochse Amélie Bosquet S. 151. Schambach und Müller, a. a. O. S. 112. Müller, Siebenb. Sag. No. 99. 106. 110. 11 6. Ziege Baader, Badische Sagen. I. S. 278. Katze Schönwerth, aus der Oberpfalz II. S. 401. Rochholz, Schweizers. a. d. Aargau I. S. 248. II. 54. No. 286 c· Truthühner Müller, Siebenb. Sag. 67. Der Schatz selbst tritt auf in Gestalt dieser Thiere. Goldenes Kalb Rochholz, a. a. O. I. S. 103. Baader, I. S. 34. 85. 140. Zingerle, Sagen, Märchen, Gebr. aus Tirol. S. 248. Silberner Ochse Müller, Siebenb. Sag. S. 77. Goldene Sau Panzer, Beitr. z. D. Myth. I. 19. Goldenes Lamm Zs. f. D. Myth. I. 35. Henne auf goldenen Eiern Müller, Siebenb. Sag. 71. 75. Wenn es in anderen Sagen heifst, dafs ein schwarzer Bock, eine schwarze Katze, ein schwarzes Huhn getödtet werden müsse, um zum Horte zu gelangen, so ist damit ursprünglich die Tödtung des Schatzhüters selbst gemeint, der also hier als feindlicher winterlicher Dämon (wie Mitoðinn, Oller neben Oðinn) aufgefafst wird. Auch die schatzhütenden Thiere hocken sich Vorübergehenden auf den Rücken. Amélie Bosquet, a. a. O. S. 150.

35) Kuhn, Zs. f. vgl. Sprachforsch. III. 451. Zs. f. D. Myth. III. 383. M. Germ. Mythenforsch. S. 149 ff. Schwartz, Ursprung d. Myth. a. m. O.

36) Schmitz, Sitten und Bräuche des Eifler Volkes I. 95. Kuhn und Schwartz, Nordd. Sag. 397. G. 104.

37) Schuster Wodan. Hermannstadt 1856. S. 38.

38) Vgl. Kuhn, Westf. Sag. II. 180 ff.

39) Petersen, die Pferdeköpfe auf Bauerhäusern. Kiel 1860. S. 8. 12. 17.

40) Handelmann, Volks- und Kindersp. S. 20. 21. Brand, popular antiquities of Great Britain. ed. Ellis. I. 76 ff. Strutt sports and pastimes

of the people of England. ed. W. Hone. 283 ff. 349. 370. Hone, every day book. 1. 245 ff.

41) Vgl. Brand a. a. O. I. 80.

42) Vgl. Gust. Freytag, neue Bilder aus dem Leben d. D. Volkes. S. 149.

43) M. Götterwelt S. 201. 202. De Nore, Mythes, coutumes et traditions des provinces de France. S. 355. Rochholz, Sagen des Aargaus. II. 289. Reinsberg-Düringsfeld, Festkalender aus Böhmen. S. 363 ff. Auch das Pommersche Taubenabwerfen zu Pfingsten ergibt sich nun (vgl. das Holstein. Duvengelag und Duventründeln) als unabhängig von der Darstellung des heil. Geistes als Taube.

44) Panzer, a. a. O. II. 504.

45) Schambach und Müller, Niedere. Sag. S. 158. 356.

46) Provinz Preufsen. Vgl. Coremans, l'année Belgique. S. 108. Entsprechend ist das gradezu auf die Ernte bezügliche Schweinorakel. Montanus, Volksfeste. I. 13. II. 170.

47) Dybeck Runa. 1844. S. 117. Rudbeck, Atlantica II. 231.

48) Annales Corbejenses ad ann. 1048 bei Grimm, Myth.² 929.

49) Müllenhoff, Schleswig-Holst. Sagen. S. 203. Schambach und Müller, S. 108. No. 137, 1. Kuhn und Schwartz, a. a. O. p. 11. 468. Den Schatz kann nur heben, wer einen schwarzen Hahn, der eine eiserne Egge zieht, über's Haus fliegen läfst. Grimm, D. Sag. I. 48. Zwei Beispiele aus Arabischen Märchen führt Cassel, Eddische Studien. S. 62 an.

50) Schwarze Glucke auf Eiern brütend. Müller, Siebenbirg. Sag. S. 71. Henne mit zwölf goldenen Küchlein. Pluquet, contes populaires de l'arrondissement de Bayeux. Rouen 1834, p. 22. Im Berge bei Tursko sitzt eine Henne mit zwölf goldenen Küchlein. Einmal im Jahre, wenn der Weizen blüht, führt sie die Jungen aus dem Berge. Grohmann, Abergl. a. Böhmen. I. S. 214. Henne sitzt über goldenen Eiern, wo ein goldener Pflug vergraben ist. Müller, Siebenbirg. Sag. S. 75. Diese Henne wandelt auch auf Erden herum, wie die Dorfthiere. Firmenich, Völkerst. II. S. 299 ff. Curtze, Völksüberl. a. Waldeck S. 237. No. 68. Während des Gewitters sieht man sie beim Leuchten der Blitze auf den Eiern sitzen. Stöber, Alsatia 1854. S. 202 ff. Die Identität dieser Henne mit den in Anm. 49 berührten Hühnern zeigt die Sage bei Seifart, Hildesheim. Sag. I. 43. 44. Übrigens ist die Vorstellung von der Goldeier legenden Henne auch weiter über indo-europäisches Gebiet verbreitet. S. Benfey, Pantschatantra I. S. 378 u. O. Keller bei Fleckeisen, Jahrb. f. klass. Phil. 1862. Supplementb. IV. 3. p. 346. Zu vergleichen stehen die Erzählungen von Gänsen, Enten und Schwänen, die auf goldenen Eiern brüten. E. Sommer, Sagen und Gebr. aus Thüringen. S. 63. No. 56. Kuhn und Schwartz, a. a. O. S. 208. No. 233. Gans mit zwölf goldenen Eiern. Im Hügel

zu Holbeck in Dänemark sitzt ein Schwan auf Goldeiern. Seinem Verfolger **brennt das Haus ab**. Thiele, Danske Folkesagn I. p. 53.

51) Hyltén-Cavallius, a. a. O. 463. Nach den ·Schonischen Sagen nimmt die den Schatz bewachende Seele zuerst die Gestalt eines **Huhnes** an, nach hundert Jahren diejenige eines großen **Hundes**, nach abermals hundert Jahren wird sie zum **Drachen**, grade so wie die Seele des ermordeten Kindes nach hundert Jahren sich in die Gräfso wandelt.

52) Kuhn, westphäl. Sag. I. 370 mit Anmerk. Wolf, Hessische Sag. 75 (blauer Gickel). Kuhn und Schwartz, a. a. O. S. 421. G. 210. Stender, Lett. Gramm. S. 298. Alaräunchen = Vogel legt Goldeier Vernaleken, Mythen und Bräuche S. 260. No. 60. Gräve, Sagen der Lausitz S. 178. No. 82. Alraun, grünlicher Vogel mit blutrothem Kamm Rochholz, Aargausag. II. S. 43. Ifsvogel = Alraun, Panzer II, 261. Altreindl = Vogel s. Schönwerth, a. d. Oberpfalz. I. 339. Stepke = Vogel Pröhle, Harzs. 103.

53) Vernaleken; Mythen und Bräuche. S. 260. No. 61. Der Korn-Weizen oder Gerstendrache erscheint als schwarzes Huhn, das zu einem ·Häusler in den Hof kommt, mit Hirsebrei gefüttert, Korn, Weizen oder Gerste haufenweise ausspeit und schließlich vernachlässigt das Haus in Brand steckt. Firmenich, Völkerst. II. 309 ff. Deutlich mischt sich in diesen Sagen die Vorstellung vom Blitzvogel (Kuhn, Herabkunft des Feuers S. 29 ff. 105 ff. ·138 ff.), mit Zügen, die vom Korn entführenden Sturm- und Wirbelwinde hergenommen sind. Dem Blitze schrieb man Einfluß auf die Kornernte zu, weshalb er in Norwegen und Schweden Kornmode heißt, daher ist der Blitzvogel Bringer der Fruchtbarkeit. Daß dieser unter den vogelgestalteten Korndämonen zu verstehen ist, geht u. A. auch aus Pluquet's Angabe (Contes populaires. S. 44) hervor, daß dem Zaunkönig, der das Feuer vom ·Himmel brachte, einige Halme Korn oder Buchweizen auf dem Felde bleiben.

54) Drache = Hund. Reusch, Sagen des Samlandes. 2. Aufl. S. 80. No. 71. Alraun Hund. Rochholz, Schweizers. II. S. 42. Schönwerth I. 377. ·Kobold = Hund, liegt vor dem Scheunenthor auf einem **Pflug-rade**. Müllenhoff, Schleswig-Holst. Sag. 207. No. 282. Kornbringender Kobold = Katze. Stender, Lett. Gramm. S. 298. Müllenhoff, Schleswig-Holst. Sag. S. 207. No. 281. Kuhn und Schwartz, a. a. O. 421. G. 206. Drache = Kalb, Kuhn und Schwartz, a. a. O. 421. No. 210. Nisse = Hûsbuck, Gaardbuck. Grundtvig, G. D. Minder. S. I. 135. 126. 142. Drache = Hase. Witschel, Thüring Sag. S. 323.

55) Nesselmann, Lith. Wb. S. 277. 493. N. Pr. Provinzialbl. II. 380. No. 24.

56) M. Germ. Mythenforsch. S. 300.

57) M. Götterwelt. S. 111. 116. 154. Vgl. z. B. Grundtvig, G. ·D. M. i. F. II. 94. III. 58. 60. 61. 62.

58) Roggenwolf[2] S. 42.

59) Vgl. E. Meier, Schwäb. Sag. S. 132. No. 145, 2.

60) Germ. Mythenforsch. S. 59.

61) Fürst Wladimir und seine Tafelrunde. Leipzig 1819. S. 109. Tschurilos Fahrt (nach einem Märchen bearbeitet).

62) Kuhn, Herabholung des Feuers und des Göttertranks. S. 12 ff. 111. 161. 204. M. Germ. Mythenforschung. 17. 18. 27. Götterwelt S. 195.

63) J. W. Wolf, Niederl. Sag. S. 591. No. 491.

64) Afanasiew poeticzeskija wozzrenia slawian na prirodu. Moskva 1865. I. S. 697. 698.

65) Beitr. z. D. Myth. II. 551.

66). Panzer, a. a. O. II. S. 70. 160 ff. Myth. 403. 404. 451. 452. 881. 882. Schönwerth a. a. O. II. 358 ff. Börner, Sagen a. d. Orlagau S. 188 ff. u. s. w. Wenn man ein Bäumchen auf dem Stamme dreht, so dafs der Bast losspringt, mufs ein Moosweibchen sterben.

67) Linné, Gothl. resa, p. 312. Hyltén-Cavallius, a. a. O. 215. 277. Püttmann. nord. Elfenmärchen. S. 71 ff. Afzelius, Volkssagen, übersetzt von Ungewitter. II. S. 311 ff. Dybeck, Runa 1844. S. 44. Die Skogsfru, Skogsnufva fährt sausend im Unwetter durch die Luft, Bäume entwurzelnd und Regen herabschüttelnd. Sie trägt lange über die Achseln geschlagene Brüste, ist hinten hohl wie ein Backtrog und trägt einen langen Schwanz. Wanderer im Walde verirrt sie; mit Menschen, denen sie dann in lieblicher Gestalt erscheint, sucht sie eheliche Verbindung. Das Wild des Waldes gehört ihr. Sie wird von König Oden, einem ungenannten wilden Jäger mit zwei schwarzen Hunden oder von Wölfen gejagt (vgl. Reusch, Sag. d. Samlands ² S. 25. No. 20). Ihre Identität mit den deutschen Waldfrauen, Holzfräulein, Moosweibchen geht noch deutlicher aus einer Aufzeichnung des Herrn Baron Djurklou aus Nerike hervor, in welcher die mit einem irdischen Manne vermählte Waldfrau (Skogsfru) denselben veranlafst, drei Schläge mit der Axt in einen Baum zu thun, worauf sie, die auf kurze Zeit ihre halbthierische Gestalt wieder angenommen hatte, aufs Neue das Aussehen gewöhnlicher Menschen gewinnt. Vgl. die drei Kreuze, welche die Holzfräulein und Moosweibchen in den Baumstamm einzuschlagen anbefehlen, um gegen den wilden Jäger geschützt zu sein. Jenes Verirren von Wanderern im Walde heifst skogtagning. Der gemeine Mann in Schonen drückt sich davon redend gewöhnlich aus „skogen halld er". Fragt man ihn aber, ob der Wald selbst es sei, der festhalte, so antwortet er „nej skogsråde".

68) Myth. ² 452.

69) Cod. diplom. Warmiens. ed. Saage & Wölky. I. p. 28 ff.

70) Magazin der Lettisch-litterär. Gesellschaft. XIII. S. 99.

71) Grimm, D. Sag. I. S. 19. No. 14. Rochholz, Schweizers. a. d. Aargau I. 274. No. 186 ª.

72) A. v. Flugi, Volkssag. a. Graubündten. Chur 1840. S. 122.
73) Grimm, Myth.[1] XVII. Kemble, über die Stammtafel der West-Sachsen. S. 15.
74) Haupt, Zs. f. D. Alterth. VII. 410 ff.
75) Falkenstein, Historie v. Erfurt. S. 1037. b. Witschel, Sagen aus Thüringen. S. 314.
76) Hom. Od. V. 125. Hesiod, theog. 969.
77) Hom. Il. II. 547. Od. VII. 80. Pausan. I. 2, 6. I. 18, 1. 2. Apollod. bibl. III. 14, 1. 6; 15, 5. Lauer, System der griech. Mythol. 833 ff. 341. 382. Preller, griech. Myth. I. 158. 159. 167. Curtius, Grundzüge der griech. Etymol.[2] 133.
78) Philolog. XXIII. 2, 211 ff. M. Müller, Vorles. üb. Wissensch. der Spr. übers. v. Böttger. Ser. II. S. 474.
79) Procl. ad Platon. Tim. p. 293. Vgl. Philol. XXIV. 1866. II. 235.
80) Poll. onomast. I. 38. IV. 54.
81) Athen. X. p. 415 b. Schol. Theocr. VIII. 93. X. 42. Hesych. s. v. v. Lityersas e. Mariandynos. Suid. s. v. Lityerses. Aelian, var. hist. I. 27. Welcker, die griech. Tragöd. III. 1252 ff. 1256. Nauck, trag. Gr. 639. Gottfr. Hermann, opusc. I. 54 sq.
82) Wilkinson, a popular account of the ancient Aegyptians. II. Tab. 367. 370.
83) Pausan. II. 32, 2.
84) S. Isigon. ἀπίστ. II. bei Sotion, paradox. ed. Ideler, 44. p. 188; Paradoxograph. ed. Westermann XXX, 190. Vgl. Aelian Var. hist. II. 14.
85) Apollodor. bibl. III. 15, 8. Die W. γερ = Skr. jar-âmi gebrechlich werden, war dem Griechen für das Reifen und Altern der Gewächse geläufig. Vgl. γηρᾶν altern vom Reifwerden der Ähren (στάχυες), Eusth. p. 1197. 52; γεργέριμοι reife Oliven oder Feigen, γήρειον die Federkrone auf dem reifenden Samen mehrerer Pflanzen, der auch παππος Grofsvater hiefs (etwa durch ähnliche Metonymie wie clavus secalis Kornmutter?). Vgl. a. γεράνδρυον, γραῖα ἐρείκη, γραῖα ἄκανϑα, σταφυλὴ γραίη. Von einem persönlichen Dämon Geraistos könnte ursprünglich der trözenische Monat Geraistios, der spartanische Gerastios genannt sein; der trözenische Festbrauch dieser Zeit weist deutlich auf ein agrarisches, ja ein Erntefest, falls aus der Analogie der Kronien, ländlichen Dionysien, Pelorien, Anthesterien, Saturnalien und deutschen Erntefeste ein Schlufs erlaubt ist.
86) Preller, griech. Myth. I. 197. 199.
87) Serv. Georg. I. 10.
88) Pausan. IX. 8. Lobeck, Aglapham. 829.
89) Pausan. II. 35, 4 ff.
90) Du Cange, ed. Henschel I. 735. s. v. bos.
91) Halliwell, Dict. of arch. s. v. mare, bei Kuhn und Schwarz, a. a. O. S. 515.

BITTE.

Der Unterzeichnete ersucht alle Freunde des Volkslebens über die folgenden Fragen Erkundigungen einzuziehen und ihm das Ergebniss ihrer Nachforschungen gütigst mit so vielen Einzelheiten wie möglich mitteilen zu wollen.

1) Sind in Ihrer Gegend noch besondere Gebräuche bei der Ackerbestellung, dem Säen, dem Misten, bei der Heu-, Korn-, Hanf-, Flachs- und Kartoffelernte, dem Dreschen, Flachs- und Hanfbrechen in Uebung, zumal solche, welche in den nächstfolgenden Fragen nicht berührt werden? Man bittet gütigst alles mitzutheilen, was darüber zu erfahren ist.

2) Wie ist der Hergang bei der Aussaat? Bei der Ernte? Wird das Getreide von den Bauern mit der Sichel oder mit der Sense geschnitten? Wird es dann gleich gebunden, oder bleibt es fürerst in Schwaden liegen? Werden in Bezug hierauf Unterschiede bei den einzelnen Fruchtarten gemacht? Beobachtet man, dass der Wind den Bauern auf die Sense fallen muss u. dgl.?

3) Wird das Schneiden der Frucht und das Binden der Garben von denselben Personen besorgt, oder durch verschiedene (Männer und Frauen, Fremde, Arbeiter)?

4) Sind beim Säen alterthümliche Gebräuche und Meinungen vorhanden? Werden z. B. am Palmsonntage, Ostern u. s. w. geweihte Kreuze oder Ahornzweige in das Flachsfeld oder Kornfeld zur Abwehr von Hagelschlag und Blitz gesteckt? Gelten gewisse Tage (Montag, Mittwoch, Gründonnerstag u. s. w.) für günstig oder ungünstig zur Aussaat der einzelnen Getreidearten? Achtet man bei der Aussaat auf den Mondwechsel, auf Wolkenerscheinungen, Licht u. dgl.? Und in welcher Weise im Einzelnen? Sieht man darauf, dass das Säetuch von einem siebenjährigen Kinde gesponnen sei? Werden Umzüge mit Heiligenbildern oder dergl. um das Saatfeld veranstaltet? Wird der erste Pflug mit Wasser begossen? Wird unter das erste Saatkorn etwas besonderes gemengt? Sagt man, dass der Sämann sterben müsse, wenn er ein Beet zu besäen vergessen? Werden namentlich in Betreff des Flachses sinnbildliche Handlungen vorgenommen, welche bewirken wollen, dass er recht hoch wachse?

5) Giebt es zumal abergläubische Schutzmittel und Gebräuche zur Sicherung des Saatfeldes gegen Raupen, Käfer, Mäuse und Maulwürfe?

6) Sind insbesondere Gebräuche beim Schneiden der ersten Aehren auf dem Ackerfelde bewahrt, so dass man etwa die ersten zwei Handvoll Aehren kreuzweise schneidet? dass man von Kindern unter sieben Jahren die ersten Halme schneiden lässt? Wird die erste Garbe für die Mäuse in die Scheuer gelegt? Wird damit *irgend* etwas anderes besonderes vorgenommen?

7) Bringen die Schnitter nach Beendigung des Kornschnitts und vor dem Binden der Garben dem Gutsherrn eine Erntekrone, resp. ein Aehrenbüschel? Wie sind diese gestaltet? Und was sagen oder singen die Ueberbringer?

8) Ein besonderes Augenmerk bittet man auf die folgenden Fragen zu richten!

Sind insonderheit beim Schneiden der letzten Halme auf einem Ackerfeld, beim Binden der letzten Garbe und beim Ausdreschen des letzten Gebundes noch besondere alterthümliche Sitten vorhanden? In vielen Orten Süd- und Norddeutschlands wird die letzte Garbe in Gestalt eines Thieres geformt, oder mit dem hölzernen Bilde eines solchen Thieres geschmückt. Es ist das je nach den verschiedenen Landschaften ein Schwein, Wolf, Bock, Hahn, Hase oder eine Kuh und die letzte Garbe erhält darnach selbst Namen, wie „die Roggensau, der Halmbock, der Wolf, der Hahn, der Hase" u. s. w. In das letzte Flachsgebund wird zuweilen eine lebende Kröte eingebunden. In anderen Landschaften, die sich von Schottland und England durch ganz Deutschland bis in den slavischen Osten hinziehen, verfertigt man aus der letzten Garbe eine Puppe, welche Menschengestalt hat, bald einen Mann, bald eine Frau darstellt, hie und da mit Kleidern ausgeputzt ist, oft nur mit Blumen und Bändern, mitunter schmucklos mit roher Andeutung von Kopf, Armen und Geschlechtstheilen. Diese Puppe führt Namen, wie engl. Harvestdame (Erntefrau), Maiden (Jungfrau), Kirndolly, Kirnbaby (Kornpuppe), deutsch Kornmutter, grosse Mutter, Weizenbraut, Haferbraut, der Alte, die Alte; die alte Hure; das Kornmännchen, dänisch Bygkjaelling, Fok, Fukke, den Gamle; wendisch Pucel, polnisch Baba, Stary, Benkart (uneheliches Kind), Pępek (Nabel). Verfertigen muss die Kornpuppe, wer die letzten Halme schneidet oder die letzte Garbe bindet. Man ruft ihm zu: „in der Garbe sitze der Bock, der Hahn u. s. w. drin"; „er habe den Alten und müsse ihn behalten". Die Puppe wird hoch auf dem Erntewagen zur Scheune geführt und hier vielfach mit Wasser begossen. Beim Ausdreschen wird aus dem letzten Gebund häufig wieder eine solche Puppe gemacht und diese von der Person, welche den letzten Drischelschlag machte, einem Nachbar, der noch nicht ausgedroschen hat, auf die Tenne geworfen. Diese Person selbst wird in eine Garbe gebunden durchs Dorf gekarrt. Es folgt ein Festmahl, bei welchem mitunter die Puppe abermals in Gestalt eines Knchens auf den Tisch kommt. Noch anderswo heisst die letzte Garbe: Glückskorn, Stamm, Muttergarbe, Vergödendêl, Rätschvogel, Hörkelmay u. s. w.

Sind nun derartige Sitten auch in Ihrer Gegend, wenn auch nur in Resten, noch erhalten? Wie nennt man die letzte Garbe? Was ruft man demjenigen, der sie bindet (resp. die letzten Halme schneidet), zu? Wird die Puppe nach jeder Frucht (Roggen, Gerste, Weizen, Erbsen, Hafer, Kartoffeln u. s. w.) gemacht? Wird in die letzte Garbe ein Stein eingebunden? Eine kleine Zeichnung der Kornpuppe wäre erwünscht. Was geschieht mit der Erntepuppe auf dem Hofe?

9) Bisweilen bleibt die letzte oder die erste Garbe, resp. Flachsgebund, auf dem Acker stehen, wie man sagt, für den Wod, die

Schauerjungfrauen, die Zwerge, das Bergmandl, die Klosterbrüder, den Bettler. Man besprengt sie dann hie und da mit Bier oder Wein. Auch bleibt wol ein Strich Getreide oder eine Ecke des Feldes unabgemäht für die Armen. Sind etwa solche Bräuche bei Ihnen üblich? Man bittet vorkommenden Falls um ins Einzelne gehenden Bericht.

10) In einigen Orten üben die Erntearbeiter das Recht, dem Bauern die Kohlköpfe im Garten abzuschneiden, wenn er sie beim Einfahren des letzten Fuders nicht bewirthet. Besondere Gebräuche werden in Bezug auf das Umwerfen des heimkehrenden Erntewagens beobachtet. Weisz man in ihrer Gegend etwas von diesen Dingen?

11) Hie und da wird nach dem Anmähen der sogenannte Kliebenbusch oder das Austbalje oder das bunte Wasser gemacht, d. h. ein Klettenbusch wird mit Stachelbeeren und Johannisbeeren zusammen in einen Zuber mit Wasser gelegt und das Ganze mit Donnernesseln bedeckt, worauf die Anwesenden wetteifernd die Früchte herauszugreifen suchen. Auch bei Ihnen? Wie ist der genaue Hergang? Wird ein Reim dabei gesprochen? Und welcher?

12) Wird mit „dem Bringen des Alten" verbunden oder für sich allein von den Arbeitern am Schlusse der Ernte eine Erntekrone (Weizenkrone u. s. w.) gebracht? Wie geht es dabei des Näheren her? Was sagen, singen, wünschen die Leute dabei der gutsherrlichen Familie und anderen Personen? Giebt es dabei alterthümliche Tänze? Wenn es sein kann, wird eine genaue Aufzeichnung der Texte in der Sprache oder Mundart des Volkes erbeten.

18) In welcher Weise wird das Erntefest, die Erntemahlzeit auf dem Hofe begangen? Führt es noch einen anderen Namen, z. B. Austhochzeit, Sichellöse, Drischelhenkete, Stoppelgans, Hahn, Wodelbier u. s. w. Welche Speisen und Getränke werden dabei verabreicht? In welche Zeit fällt das Fest? Ist es etwa mit der Kirmes vereinigt? Hört auch bei Ihnen mit dem Erntefest das zweite Frühstück des Hofgesindes während des Winters auf?

14) Wann und wie wird bei Ihnen das kirchliche Erntefest begangen? Werden auch noch andere auf den Ackerbau bezügliche gottesdienstliche Feiern veranstaltet?

15) Giebt es bei Saat und Ernte noch besonders kirchliche und christliche Sitten, wie die Saat im Namen der heil. Dreieinigkeit auszustreuen, bei der Ernte auf dem Felde gemeinsam zu beten, bei der Kommunion nach der Ernte einige Aehren mit etwas Geld auf dem Altar zu opfern u. s. w.?

16) Wie lautet der Grusz bei der Ernte?

17) Werden nach der Ernte Freudenfeuer angezündet?

18) Sind in Bezug auf die Ernte und wieder besonders in Betreff der letzten Garbe abergläubische Meinungen im Schwange, wie die, dass man von letzterer zu Weihnachten oder im Frühling dem Vieh zum besseren Gedeihen etwas in die Krippe legen müsse? Dass im nächsten Jahre heiraten oder sterben werde, wer die letzte Garbe bindet? Giebt es sagenhafte Erzählungen, die auf Saat, Ernte und Saatfeld bezüglich sind?

19) Giebt es unter dem Volke einen besonderen Ausdruck dafür, wenn der Wind im Korne Wellen schlägt (wie: der Eber geht im Korn, die Wölfe jagen sich im Korn, das Korn wolket, webt u. s. w.)?

20) Hat man eine besondere Redensart, um die kleinen Kinder vom Verlaufen in ein Getreidefeld abzuhalten (wie: die Kornmutter, die Baba, Babajędza, Zitnamatka, wendisch Sserpashija sitzt im Korn und drückt die Kinder an ihre eisernen Brüste! Der Wolf sitzt im Korn u. s. w.)? Man bittet genau in der Sprache oder Mundart des Volkes anzugeben, wie dasselbe sich ausdrückt.

21) Weisz das Volk noch irgend etwas weiteres von der Roggenmuhme, Kornmutter u. s. w. zu erzählen, oder sonst von einer Frau, von männlichen Wesen, die sich im Getreide sehen lassen?

Erzählt man von einem gespenstigen Weibe, welches um die Mittagszeit durch das Saatfeld wandele? Enongermûr? wendisch Pripolnica? Was wird von diesem Wesen ausgesagt? Erzählt man Sagen von schreienden Säuglingen, die im Getreide gefunden wurden? Spricht man von Heiligen, Helden u. s. w., welche durch die Felder schreitend das Korn fruchtbar gemacht haben sollen?

22) Sind Ihnen aus Ihrer Gegend Sagen bekannt vom fliegenden Drachen (wendisch żitni zmij), von Zwergen, Kobolden u. Hexen, welche den Bauern das Korn vom Felde stehlen und es durch die Luft Anderen zutragen? Ist bei Ihnen dem Landvolk der Glaube vom Pilwis, Bilmesschnitter oder Bilsenschnitter bekannt, einem dämonischen Wesen oder Zauberer, welcher mit kleinen Sicheln an den Füssen bewaffnet durch die eben reifenden Getreideäcker gehen soll und die Aehren durchschneiden, worauf die Hälfte des Ertrages in seinen Kasten fliegt?

23) Sind Witterungsregeln in Bezug auf das Kornwachsthum unter dem Volke bekannt, wie: „Wenn der Wolf im Mai im Saatfeld liegt, die Last des Kornes die Scheuer biegt"?

24) Bleibt bei altgläubigen Leuten die letzte Frucht der Obstbäume auf dem Baume? eine Handvoll Mehl im Kasten?

25) Führt das sogenannte Mutterkorn (secale cornutum, frz. ergot) noch andere Namen unter dem Volke, z. B. Kornmutter? Roggenmutter? Wolf? Hasenbrod?

26) Sind Thiere in der Volksmundart nach dem Getreide benannt? So die Maulwurfsgrille (gryllus gryllotalpa): Kôrnwolp. Ein gewisser Nachtfalter: Kornvögelchen, seine Raupe: Kornwolf, Kornmade. Die Libelle: Kornjungfer, Kôrnmôder. Die langfüssige Kornspinne: Habergeisz. Die kleine Nachteule (strix aluco): Habergeisz. Die Heerschnepfe (scolopax gallinago): Hawerbock, Habergeisz.

27) Giebt es besondere an die Kirchenfeste Fastnacht, Gründonnerstag, Ostern, Pfingsten, Joh. Baptista, und zumal Weihnachten geknüpfte Gebräuche und abergläubische Meinungen, welche auf Saat und Ernte Bezug haben, z. B. dass man in der Christnacht die Sterne zählen müsse; so viele man deren zähle, so viel Mandel Garben werde es in der Ernte geben. Oder ist es Sitte, sich in der Christnacht auf ungedroschenem Erbsenstroh zu wälzen, in die Wintersaat hinauszugehen u. dgl., um auf den Ertrag des nächsten Jahres einzuwirken? Gehen zu Weihnachten, Fastnacht u. s. w. der Erbsenbär, Habergeisz u. s. w., in Getreidestroh gehüllte Gestalten um, und was sagt man von diesen?

28) Giebt es Redensarten, Kinderspiele u. dgl., in welchen das Wort

Kornbock oder Roggenwolf u. dgl. noch vorkommt? Wie lauten die? Findet sich noch irgendwo der Glaube, dass die Kornwölfe die Söhne der Kornmutter seien? dass die Seelen der Kinder, welche der Kornwolf frisst, bis zum Einfahren des Getreides umherflattern müssen? Oder ähnliche Dinge?

29) Gibt es eigenthümliche Ausdrücke für Winde und Wolkenformationen, wie: Stepke, Sauzagel, Schweinedrek = Wirbelwind; Bullkater, Ochsen, Lämmchen, Grummeltorn = Wolken)? Schüttet man bei Wind oder Hagel Mehl zum Fenster hinaus? Suchen altmodische Leute noch in Zeiten der Dürre Regen herabzulocken, indem sie in Laub gekleidete Personen mit Wasser begiessen?

30) Ist es Sitte, den Gutsherrn, wenn er zum ersten Male aufs Erntefeld kommt, Fremde, welche dasselbe besuchen, mit einem Kornbande zu binden? Welchen Spruch braucht man dazu? Oder ist eine andere Weise im Gebrauch, um von den Besuchern des Erntefeldes ein Trinkgeld zu erbetteln?

31) Kommt in- und auszerhalb der Erntezeit das Hahnschlagen oder Hahnköpfen bei Ihnen vor?

82) Ist oder war es bei Hochzeiten Gebrauch, der Braut Getreideähren zu überreichen, Getreidekörner in die Schuhe zu legen, und Aehnliches?

83) Wird oder wurde beim Dreschen ein noch Unerfahrener gehänselt, indem man ihn z. B. nach einem Windsack ausschickt?

84) Man bittet, zu bemerken, was ehemals Gebrauch war, und was jetzt davon noch in Uebung ist.

85) Man bittet, den Namen und die Lage (Kreis oder Amt; Regierungsbezirk, Provinz) der Orte zu vermerken, wo die mitgetheilten Gebräuche vorkommen.

Dr. Wilh. Mannhardt,

Privatdocent der Berliner Universität,
d. Z. Danzig, Heumarkt 5.

A. W. Schade's Buchdruckerei (L. Schade) in Berlin, Stallschreiberstr. 47.